KENDAL

A SPASSO NEL TEMPO

KENDAL

A SPASSO NEL TEMPO

ElectaJunior

Pubblicato per

MONDADORI
ELECTA

da Mondadori Libri S.p.A.

ISBN 978-88-918-3870-4
Prima edizione: settembre 2023

Anno 2023-2024-2025 - Edizione 1 2 3 4 5 6 7 8 9 10

Testi: in collaborazione con Vincenzo Galli e Eleonora Babbo
Illustrazioni: Elia Bisogno
Progetto grafico e impaginazione: Elena Scanferla
per Book on a Tree

A story by Book on a Tree

www.bookonatree.com

Questo volume è stato stampato
presso Elcograf S.p.A.,
Via Mondadori 15, Verona
Stampato in Italia - Printed in Italy

01

La sabbia sotto i suoi piedi, il rumore delle onde nelle orecchie, i cubetti di limonata ghiacciata che gli scendono giù per la gola. Finalmente un po' di riposo.

«Adoro il profumo dei pixel di prima mattina!» sospira Kendal, e si accomoda nella sdraio che si è appena costruito.

Non si può sempre volare a perdifiato nei cieli sul dorso di Rubino, il suo drago rosso fuoco, o scontrarsi in duelli all'ultimo sangue. A volte basta starsene tranquilli a godere delle bellezze del bioma.

«E quello cos'è?»

Un lampo squarcia il cielo facendo tremare la terra. Brilla più forte del sole per poi scomparire oltre la foresta di palme.

Kendal si rizza a sedere di scatto.

Forse è un meteorite. Oppure un mostro volante di una specie che non conosco.

La sua mente freme per le mille possibilità. Lì, oltre quegli alberi, c'è un'avventura che lo chiama.

«No, oggi devo riposarmi!» si impone Kendal.

Resiste, resiste e resiste.

«Resterò qui sotto il sole, finché tutti i miei pixel si abbronzeranno.»

Resiste.

«So fare tante cose. Vuoi che non riesca a rilassarmi? Posso farcela.»

...E invece no!

Si alza, molla a terra il bicchiere e corre verso la foresta di palme. **Veloce, prima che quell'avventura gli scappi da sotto gli occhiali!**

Un bagliore arcobaleno filtra nell'intrico della vegetazione. Kendal rallenta l'andatura e lo segue con fare guardingo. Passo dopo passo, nota che parte della foresta è stata abbattuta. Numerosi tronchi sono tagliati di netto, i loro resti fumano a terra.

«La cosa venuta dal cielo deve averli travolti nel suo atterraggio» realizza. E per prudenza **sfodera la spada**.

Il terreno declina e davanti a lui si apre un'ampia vallata di palme fatte a pezzi, cubetto su cubetto. Comodo avere una scorta di legna, ma Kendal non fa in tempo ad approfittarne che si alza un turbine di vento, foglie e sabbia.

Per non farsi trascinare via, pianta la spada a terra e ci si aggrappa. E quando riesce ad alzare lo sguardo, trova davanti a sé la risposta a tutte le sue domande.

«**Una navicella spaziale!**» esclama meravigliato.

Galleggia davanti a lui, i suoi pixel sfarfallano nei colori dell'arcobaleno ed è difficile fissarla, ma al tempo stesso è impossibile distogliere lo sguardo.

Il veicolo si posa a terra con tocco leggero e il vento si placa. I motori si spengono, le luci smettono di brillare e il portellone si apre in un cigolio.

«Un incontro ravvicinato del terzo pixel!» esclama Kendal col fiato sospeso.

Che aspetto avrà questo alieno? Sarà ricoperto di squame? Gli colerà bava verdastra dalle lunghe zanne? E, soprattutto, verrà in pace?

Ma dall'astronave non esce alcun essere bizzarro, solo un umano. O, almeno, così sembra: il suo volto è nascosto dietro vistosi baffi argentati e un cespuglio di capelli talmente candidi da sembrare luminosi.

È un ragazzo o un vecchio?

Difficile da capire: potrebbe avere vent'anni come una settantina o giù di lì, ma in ogni caso se li porta con stile. Indossa una tutina che riluce come l'arcobaleno della sua astronave e al di sopra porta uno svolazzante impermeabile.

Meglio fare attenzione. Nonostante l'apparenza innocua, potrebbe essere un nemico temibile.

Il ragazzo libera la spada dal terreno, pronto a difendersi, ma lo sconosciuto alza le mani.

«Vengo in pace» dice. «Mi chiamo **Professor Kappa** e sono uno scienziato. **Ho solcato i mari del tempo per cercare proprio te. C'è bisogno del tuo aiuto** »

Kendal indica l'astronave a occhi sgranati. «Quella è una macchina del tempo?»

«Sì, vengo dal futuro.»

«Mi dispiace, ma hai fatto un lungo viaggio per niente. Non credo di poter essere d'aiuto a uno scienziato, la matematica non è mai stata il mio forte.»

«Sei l'Invincibile Kendal, l'Imperatore. Giusto?» gli chiede quello.

«In carne e pixel, però...»

«Nessun però» ribatte il Prof. «Sei proprio il ragazzo che cercavo.»

Kendal serra la mascella, combattuto. Magari quel tizio è solo un balordo che ha intenzione di rapirlo. Sarebbe una vera sfortuna, perché il suo migliore amico Bellafaccia non pagherebbe mai il riscatto per lui.

«Non ti fidi di me, vero?» comprende lo scienziato. «E fai bene, Kendal: bisogna sempre stare in guardia.»

«FATEVELO DIRE, SIETE DUE PARANOICI» commenta una voce metallica alle spalle del Prof.

«**L'astronave... È stata lei a parlare?**» chiede il ragazzo, perplesso.

Lo scienziato si volta verso l'interno della navicella. «Taci, Bill-e.» E poi a Kendal: «È l'intelligenza artificiale che guida la navicella. È piuttosto... irriverente».

«E TU SEI LENTO, PROF. ABBIAMO FRETTA.»

«Non posso darti torto, **Bill-e**» risponde lo scienziato. «Vieni con me, impavido Kendal, così ti convincerai.»

Gli fa cenno di seguirlo lungo la passerella e tutti i dubbi di Kendal evaporano all'istante. Quando mai gli capiterà di nuovo di poter entrare in una navicella spaziale?

A bordo lo accoglie una console piena di pulsanti luminosi, diversi display e leve dalle forme più bizzarre che lui è tentato di azionare. Chissà che cosa potrebbe succedere!

Non appena ne sfiora una dal pomello rosso, però, uno schermo sopra il parabrezza si accende.

«BENVENUTO A BORDO, KENDAL.»

Ad accompagnare la voce metallica, **sul monitor si anima una linea verde che si muove come in una danza**.

È la pulsazione della sua frequenza vocale! realizza Kendal.

«Piacere di conoscerti, Bill-e» gli risponde.

«BASTA CON LE FORMALITÀ, ANDIAMO AL SODO.»

Dallo schermo parte un raggio verde che scansiona il giovane dalla testa ai piedi.

«IL DNA COMBACIA, PROF. IL SOGGETTO È DAVVERO L'INVINCIBILE KENDAL.»

Lo scienziato batte le mani. «Visto? Sei proprio tu!»

«Lo so che io sono io, ma non capisco di cosa avete bisogno» ribatte il ragazzo, spazientito. «Dovete cercare delle uova di drago? Oppure vi serve una spada dell'infinito?»

«Purtroppo si tratta di una missione molto più complicata e rischiosa» risponde il Prof, serio. «E da essa dipende il nostro futuro.»

«Il *nostro* futuro?»

«Dell'intero universo.»

«COME LA FAI TRAGICA» commenta l'intelligenza artificiale. «SI TRATTA SOLO DI **UN'OMBRA MISTERIOSA CHE PORTERÀ ALLA TOTALE DISTRUZIONE DEL MONDO DI MINECRAFT**.»

Il Prof annuisce e Kendal percepisce la sua preoccupazione anche dietro quei baffi.

«Purtroppo Bill-e ha ragione. Ogni singolo pixel verrà spazzato via. E di noi non resterà nulla. Nemmeno la memoria.»

Kendal non sa se crederci o no. **Possibile? Chi vorrebbe mai disintegrare quella realtà piena di meravigliosi spigoli?**

«PROF, AVVERTO INCREDULITÀ DA PARTE DEL SOGGETTO» interviene Bill-e. «PROCEDO COL PROTOCOLLO 23-17?»

«Non so cos'è, ma non mi piace» commenta Kendal. Poi si volta verso il Prof. «Davvero la salvezza di tutti dipende da me?»

I baffi dello scienziato vibrano in un «Sì».

«PERÒ, NIENTE PRESSIONI EH?» aggiunge Bill-e.

Kendal misura a passi lenti l'astronave. Fissa i pulsanti colorati fino a farsi bruciare gli occhi.

Perché lo scienziato e la sua intelligenza artificiale ripongono così tanta fiducia in lui?

Non sa rispondere alla domanda, ma una cosa l'ha capita.

«Se è una missione così ardua» considera Kendal «potrei perdere tutte le mie vite.»

«TE LO CONFERMO CON UNA PROBABILITÀ DEL 99%» s'intromette Bill-e.

Kendal scruta lo sguardo vivace del Prof e la linea verde che tremola sullo schermo. Quella rischia di essere la più grande e incredibile avventura della sua vita.

«Allora, cosa stiamo aspettando? Partiamo!» conclude il ragazzo con un sorriso.

«Accetti?» domanda incredulo il Prof.

«Ovvio! **Io non mi tiro mai indietro davanti a una sfida!**»

«Hai sentito, Bill-e? Scalda i motori!» ordina il Prof sedendosi al posto di guida.

La navicella comincia a tremare e i pulsanti della console lampeggiano impazziti. Kendal crolla sul sedile del navigatore.

«ALLACCIATI LA CINTURA!» sbraita Bill-e.

Il Prof preme una serie di pulsanti per poi indugiare con la mano sulla leva dal pomello rosso, quella che aveva già attirato l'attenzione di Kendal.

«Vuoi avere tu l'onore?» gli domanda.

Nemmeno nei suoi sogni più sfrenati aveva guidato un'astronave, figuriamoci una spaziotemporale! La mano trema per l'emozione, ma la sua presa sulla leva è salda.

La spinge in avanti con forza e...

SBEM!

Un lampo, una spinta fortissima, e il suo stomaco precipita fino alle caviglie.

«Il salto temporale fa sempre un certo effetto...» commenta il Prof. La sua voce per l'entusiasmo torna quella di un ragazzino.

Il mondo fuori dal finestrino si confonde, luci e colori si stirano in mille linee colorate fino a frantumarsi in briciole arcobaleno. Poi l'andatura si assesta e diventa un dolce oscillare in un mare di pixel che sfarfallano.

«Siamo nel **flusso temporale**» spiega il Prof. «Rilassati e goditi il viaggio.»

Kendal si slaccia la cintura e lascia andare un respiro che non si era nemmeno reso conto di trattenere.

«Bill-e, una domanda. Che cos'è il Protocollo 23-17?»

«UN MODO PER CONVINCERTI A VENIRE CON NOI.»

«E cioè?»

«FIDATI, KENDAL, **NON VUOI SAPERLO**.»

02

Stanno solcando i pixel da ore, giorni, o forse solo qualche istante. Finché quel dolce galleggiare s'interrompe bruscamente.

«TENETEVI FORTE!» gracchia Bill-e dal suo monitor. «ATTERRAGGIO IN TRE... DUE...»

I pixel si stirano di nuovo nelle linee colorate finché il mondo, al di là del finestrino, riprende i suoi contorni. Un sobbalzo fortissimo disarciona il Prof dal suo sedile.

«Ti sei scordato "Uno"» rimprovera Kendal mentre aiuta l'anziano a rimettersi in piedi. «Che intelligenza artificiale sei, se non sai contare?»

«ADORO L'EFFETTO SORPRESA.»

Kendal scuote la testa e volta le spalle alla linea verde sul display. «Dove siamo, Prof?»

«Bill-e non condivide mai i suoi programmi con nessuno, ma in questo caso è facile indovinare. Guarda!»

Indica la costruzione che si erge oltre il lunotto: un mastodontico anfiteatro in candida pietra.

«**Il Colosseo!**» esclama Kendal. «Allora siamo a Roma.»

Si lancia fuori dall'astronave e alza lo sguardo per ammirare quell'ammasso di blocchi.

«Chissà quante picconate ci sono volute per estrarli...»

Un sibilo di vento gli scompiglia il ciuffo: un veicolo gli è sfrecciato a un palmo dagli occhiali.

«Spostate la vostra bizzarra biga da qui, plebei!» sbraita il conducente.

Indossa un elmo dal pennacchio rosso, un'armatura a gonnellino e un paio di sandali.

«Bizzarro sarai tu!» ribatte Kendal irritato. «Guarda come ti sei conciato.»

«TEMO CHE QUEL CENTURIONE ABBIA RAGIONE» gracchia la voce di Bill-e dall'interno dell'astronave. «**SIAMO NOI A ESSERE FUORI LUOGO. ANZI: FUORI TEMPO**.»

«In che senso?» domanda Kendal.

Solo allora realizza di avere puntati addosso gli occhi di tutti i passanti che, in toga e calzari, sciamano verso l'ingresso del Colosseo.

«Non siamo finiti nel mezzo di una sfilata di carnevale, vero?» chiede.

«Direi di no» risponde il Professore saltellando eccitato come un bambino. «**Benvenuto nell'antica Roma, Kendal!**»

Nessun motorino, auto o tram. Solo gli zoccoli dei cavalli, le ruote delle bighe sul selciato, gli strilli delle persone provenienti dall'interno del Colosseo. Finalmente tutto ha un senso.

«Stupendo, davvero. In un'altra situazione mi godrei questa gita. Però la nostra destinazione era il futuro» commenta Kendal sbrigativo. «L'Ombra si trova lì. Non è che hai sbagliato strada, Bill-e?»

«ASSOLUTAMENTE NO. **IL NOSTRO NEMICO È UN DIVORATORE DI MONDI**» spiega l'intelligenza artificiale. «NON BASTA UN SOLO KENDAL PER DISTRUGGERLO.»

«"Divoratore di mondi"?» chiede il ragazzo, la voce colorata da una vena di apprensione. «Cosa intendi?»

«NON POSSO RISPONDERTI CON PRECISIONE. GLI UNIVERSI CHE HANNO SUBITO QUESTO TRATTAMENTO DA PARTE DELL'OMBRA NON POSSONO CERTO FORNIRCI DETTAGLI.»

«E quindi? Dobbiamo trovare nell'antica Roma qualcuno che si unisca all'impresa?»

«**SERVONO ALTRI QUATTRO EROI. LI RECLUTEREMO IN PUNTI DIVERSI DELLO SPAZIO-TEMPO**. QUESTE SONO LE MIE ISTRUZIONI.»

«D'accordo. E come li riconosciamo questi quattro tizi?»

«SEM... PLI... CE...»

La voce robotica rallenta fino a interrompersi.

«Bill-e, non fare scherzi» interviene il Prof. «Come li troviamo gli altri eroi?»

Ma a rispondergli è lo **sfarfallio dei pixel** dell'astronave. Lampeggiano, brillano, per poi polverizzarsi nell'aria...

«Che cosa sta succedendo?» domanda Kendal, allarmato.

...Fino a ricomporsi in un piccolo cubo sul palmo della sua mano.

«Questo è tutto ciò che resta dell'astronave?» commenta lui, perplesso.

«Temo di sì.»

I pixel scintillano dei colori della navicella e vibrano tra le mani del ragazzo, come se fossero materia viva. Nell'aria proiettano una scritta.

BATTERIE IN ESAURIMENTO
– RICARICA –
PROSSIMO VIAGGIO TRA 00:30:00

«Prof, potevi dirlo che la tua navicella è un rottame» sbuffa Kendal.

«Non è la mia navicella.»

«E di chi, allora?»

«Suppongo di Bill-e stesso» risponde il Prof con un profondo sospiro che fa vibrare i baffi. «È stato lui a reclutarmi per l'impresa. Non so di più.»

«Quindi non hai nemmeno idea di come rintracciare questo tizio dell'antica Roma?»

«Esatto, mio giovane amico.»

L'ombra del Colosseo si staglia su di loro. Gli schiamazzi al suo interno si alzano di volume, come a voler suggerire una risposta.

«Be', di sicuro Bill-e non ha parcheggiato qui per caso.» Kendal si passa il cubo-astronave da una mano all'altra. «Andiamo a dare un'occhiata allo spettacolo?»

Il Prof sorride eccitato. «Speravo me lo chiedessi!»

Ma non appena si avvicinano all'ingresso, una **coppia di centurioni sbarra loro il passaggio** con le lance spianate e i polpacci possenti.

«Siete stranieri delle province?» domanda uno dei due squadrando i loro indumenti.

«In effetti veniamo da lontano...» ammette Kendal.

«Qui, in questo luogo di pace e giubilo, non sono ammessi i barbari» spiega l'altro. «Non tolleriamo disordini.»

«Ma sono ben accette le offerte» aggiunge il primo. «Trenta *aurei* a testa.»

Kendal gli dedica uno sguardo di profondo disprezzo. «Guardie incorruttibili, eh?» Poi bisbiglia al Prof: «Sei equipaggiato con qualche moneta d'oro?».

L'anziano scuote la testa. «Per fabbricarle ci vorrebbe troppo tempo. E noi abbiamo solo mezz'ora prima della partenza.»

Kendal scruta le lance appuntite: non basteranno a tenerlo lontano dalla sua missione. Potrebbe affrontare i due centurioni con la spada, ma rischierebbe di attirare troppo l'attenzione su di sé.

«Ci vuole una soluzione veloce» sussurra al Prof.

«Allora, pagate o girate al largo?» intima uno dei due energumeni pestando i piedi a terra.

L'occhio di Kendal cade sui calzari delle guardie, da cui spuntano i loro alluci. E allora la mente vola veloce al proprio inventario.

«Vogliono l'oro? E l'oro avranno» dice al Prof.

Poi prende un profondo respiro e alza un pugno verso il cielo.

EQUIPAGGIATO 1 ITEM
BLOCCO ORO

Ed eccolo là: un **grande blocco sfavillante compare nell'aria**, pronto a essere usato. Le guardie restano a fissarlo ipnotizzate, mentre ondeggia sopra i loro pennacchi, sopra i loro musi arcigni, sopra le loro lance.

E, soprattutto, sopra i loro piedoni.

Il Prof scuote la testa. «No, Kendal, non farlo...» lo implora con voce tremante.

«E invece sì!» ribatte lui. «**Droppiamo!**»

Stringe forte il pugno e...

DROP 1 ITEM
BLOCCO ORO

...lo attira verso il basso. Il blocco dorato cade, abbattendosi sugli alluci scoperti dei centurioni e scatenando immediatamente urla e imprecazioni in latino.

Le lance sfuggono di mano ai proprietari doloranti e Kendal s'infiltra in un pertugio trascinandosi dietro il Prof.

E poi via veloci, senza voltarsi.

Corrono, ragazzo e vecchio, seguono il brusio sempre più forte e arrivano lì, sugli spalti, dove il chiasso del pubblico fa tremare le gradinate.

«Mossa intelligente la tua, ma ardita» commenta il Prof mentre riprende fiato. «Ci potrebbero arrestare, lo sai?»

«Prima, però, ci devono trovare in mezzo a tutta questa gente!» obietta Kendal facendosi largo tra la folla.

Cubi e cubi di facce si stendono all'infinito su ogni ordine di spalti. **Tutti gli occhi sono puntati sull'arena centrale**, verso il cuore dell'anfiteatro dove si sta consumando lo spettacolo.

Dei ruggiti sovrastano le urla del pubblico.

«Leoni!» realizza Kendal, a bocca aperta.

Tre felini si aggirano nell'arena: criniere vaporose e denti appuntiti rivolti all'uomo che, armato di una sola corda, si sta giocando tutte le sue vite.

«È uno **spettacolo di gladiatori**. La *venatio*, per la precisione» spiega il Prof. «Uno dei giochi più popolari nell'antica Roma.»

Kendal volta le spalle all'arena, concentrato sulla missione. Affonda lo sguardo in quel mare di volti e scuote la testa contrariato.

«Come faremo a trovare il nostro eroe in questo mare di pixel?»

Il Professore non gli risponde, troppo preso dallo spettacolo che, in effetti, ha dell'incredibile. Con una sola mossa il gladiatore ha legato al laccio le tre fiere: ora sembrano dei micetti al guinzaglio.

L'intero Colosseo esplode in un'ovazione.

«**Kendum! Kendum! Kendum!**» acclama a gran voce il pubblico.

«Incredibile!» esclama il Prof. «Hai visto?»

«Cosa dicono? Com'è che si chiama questo gladiatore?» domanda Kendal a sopracciglia aggrottate.

Una sensazione, un brivido, una corrente gli percorre la spina dorsale.

«Ken...dum?» bisbiglia il Prof sgranando gli occhi.

Il gladiatore si sfila l'elmo e tutto diventa improvvisamente chiaro.

Stessa espressione da sbruffone, stesso sorriso da vincitore. Indossa persino degli occhiali identici ai suoi. Solo la mascella è diversa, quella di Kendum ha qualche giro di pixel in più e gli conferisce un'aria imbronciata.

Il Prof sorride scuotendo la chioma vaporosa. «Ottimo! Credo che **abbiamo trovato il nostro secondo eroe**.»

03

Non c'è niente di più strano del vedere il proprio volto su un'altra faccia.

«Perché mi somiglia così tanto?» chiede Kendal, confuso.

Il Prof si passa una mano tra i capelli, scompigliandoseli ancor più.

«Sono certo che anche gli altri eroi da reclutare siano dei Kendal. **Altre versioni di te, lontane nel tempo e nello spazio!**»

Il ragazzo scruta il gladiatore che si sta godendo il bagno di applausi della folla.

«Pensi davvero che questo Kendum sia un mio antenato? Una specie di bis-bis-bis-cugino?»

Il Prof gli lancia un sorrisino provocatorio. «Dimmelo tu.»

Kendal non risponde. Ma lo sa. Lo sente. **Gli stessi pixel scorrono**

in lui e in quel gladiatore massiccio, vissuto duemila anni prima.

«Be', questo mi rende il compito più facile» realizza il ragazzo. «Di sicuro Kendum non vedrà l'ora di aiutare un suo pronipote a salvare l'universo.»

«Le forze non gli mancano di certo» annuisce il Prof.

«Torno subito!» esclama Kendal.

Prende la rincorsa e discende gli spalti, gradone dopo gradone, balzo dopo balzo, tra gli spettatori che lo scrutano contrariati. A poco a poco i presenti smettono di acclamare Kendum per concentrare le loro attenzioni su quell'intruso: le urla lasciano spazio a un silenzio perplesso.

«Fate largo all'Imperatore» dice Kendal poggiando un piede nell'arena.

Ma altri due centurioni si materializzano all'istante per sbarrargli il passaggio a suon di lance.

«Che banalità... variate repertorio» sbuffa il ragazzo. Indica Kendum, che lo scruta perplesso tenendo i leoni al guinzaglio. «Devo solo scambiare un paio di parole con mio cugino.»

«Certo, e io sono tua nonna» commenta una delle guardie, scoppiando a ridere insieme al collega.

«Lasciatelo andare!»

Ad aver parlato è una voce che si leva su tutte le altre. Squillante e autoritaria, proviene da sopra la testa di Kendal, dal palco d'onore. Lì, attorniato da una schiera di centurioni, si erge un uomo col capo cinto di alloro e una toga porpora gettata sopra la spalla.

«È il vostro Imperatore?»

«Non lo conosci?» domanda uno dei due centurioni indignato. «È l'illustre **Cubicus Magnus**.»

«Voglio vedere che intenzioni ha questo straniero» continua Cubicus. «Lasciatelo libero... Almeno per il momento.»

Tra il brusio della folla che si anima di nuovo, i centurioni aprono il passaggio a Kendal, che si precipita a raggiungere Kendum.

Sfila davanti ai tre leoni, per fortuna sempre al guinzaglio, che gli soffiano e ruggiscono addosso. «**Ave, Kendum**» lo saluta il ragazzo. «I micetti sono arrabbiati con me perché ho rubato loro la scena?» domanda strizzando l'occhio con aria complice.

Ma da parte del gladiatore nessuna simpatia.

«Non sono micetti. Sono fiere. Animali nobili e feroci» precisa, contraendo la mascella fino all'ultimo pixel. «Non dureresti un istante contro di loro.»

«Non ci giurerei» ribatte Kendal, spavaldo.

«Chi sei, straniero? Perché interrompi i sacri giochi dell'arena?»

«Guardami. Non ti sembra evidente chi sono?» Kendal sorride dietro gli occhiali e si sistema il ciuffo. «Non noti nessuna somiglianza?»

«Con chi?»

«Tra me e te. Siamo parenti. Alla lontana.»

«Impossibile» ribatte Kendum sotto il fiero cipiglio. «Io sono solo al mondo.»

Kendal tenta un azzardo: sfiora la spalla del gladiatore. «Be', ora non più, caro bis-bis-bis-cugino.»

A quel minimo contatto Kendum lo fulmina con lo sguardo.

«Non. Toccarmi. Mai. Più» gli ordina. Poi si scuote la polvere dai calzari. «Non c'è tempo da perdere. Dopo di noi vanno in scena le battaglie navali. Incrociamo subito le spade» dice il gladiatore sfiorando l'elsa della sua arma.

Ma Kendal alza le mani in segno di resa. «Non voglio sfidarti. **Sono qui per chiederti di salvare il mondo insieme a me. Ci stai?**»

Kendum gli concede una risata sprezzante. «Tu? Salvare il mondo? Ma se non riusciresti a salvare nemmeno te stesso...»

Il ragazzo alza gli occhi al cielo. «Lo accetto solo perché questa è una battuta che avrei potuto fare anch'io.» Sospira e scuote la testa. «Sai che cosa c'è? Nemmeno io al posto tuo mi fiderei di uno che si presenta all'improvviso con una richiesta del genere.»

«E quindi?»

«Quindi giochiamocela. Subito» propone Kendal. «**Se perdo, ti lascerò in pace. Ma se vinco, tu dovrai venire via con me**.»

«Non accadrà.»

«È un sì?» gli domanda Kendal spazientito.

Si sistema gli occhiali sul naso, proprio nello stesso momento in cui se li aggiusta anche il gladiatore. Sono riflessi uno nella lente dell'altro.

«Sì» risponde Kendum.

Allora Kendal alza il braccio in aria e...

EQUIPAGGIATO 1 ITEM
SPADA

...pixel dopo pixel, una spada prende corpo tra le sue mani, puntata verso il cielo.

«Ti costringerò a venire con me» continua Kendal. «Che tu lo voglia o no.»

Poi si batte due volte sul petto.

EQUIPAGGIATO 1 ITEM
ARMATURA COMPLETA

Bracciali, gambali, elmo: **un'armatura si materializza attorno al suo corpo**, abbracciandolo in un guscio. Uno scudo quadrato compare nella mano libera.

«Se hai finito di dare spettacolo» commenta Kendum, per nulla impressionato, «posso cominciare a distruggerti.»

Quindi molla la presa dalla corda che trattiene i felini, e quelli si dispongono ai bordi dell'arena, senza staccare gli occhi da Kendal.

Non sono solo i leoni a fissarlo. **Gli sguardi dell'intero Colosseo sono puntati su di lui**. Senatori, plebei, centurioni. E ovviamente l'imperatore Cubicus Magnus, che dal suo palco d'onore osserva la scena con grande interesse.

L'intera arena intona a una sola voce lo stesso canto.

«Kendum! Kendum! Kendum!»

Tutti tifano per il gladiatore e sperano in una sconfitta dello straniero.

Ma Kendal è deciso a deluderli. **Vincerà**.

«Kendal!» urla una voce sottile. Quella dell'unica persona a parteggiare per lui.

Il ragazzo si volta verso il Prof che, raggiunta la soglia dell'arena, gli mostra il cubo lucente dell'astronave e la scritta luminosa col countdown.

BATTERIE IN ESAURIMENTO
– RICARICA –
PROSSIMO VIAGGIO TRA 00:15:00

«Il tempo stringe» gli ricorda il Professore.

E Kendal annuisce. O almeno cerca di farlo per quel che l'elmo gli consente.

«Sei pronto?» gli domanda il suo avversario.

La fronte tesa, il ciuffo ribelle, l'espressione irriverente.

È come guardarsi in uno specchio, pensa Kendal.

E lui, che ha combattuto innumerevoli duelli tra i gradini di quei biomi, adesso non osa infliggere il primo colpo. **Come può lottare contro una parte di sé?**

Kendum invece non si pone certo questi problemi.

Il colpo arriva, preciso quanto inaspettato.

Ma, con altrettanta destrezza, Kendal lo para.

Una volta, due, tre.

Combattere, questo deve fare. Combattere e basta, senza pensare.

Deve sconfiggere il gladiatore, e non solo per dargli una lezione. Questo è un duello che Kendal ha intenzione di **vincere per il bene dell'intero universo**.

E allora serra la mano sull'elsa e attacca, risponde e affonda.

Stringe la presa sullo scudo e colpisce, spinge, protegge.

È l'urlo del metallo contro metallo.

È il rumore delle gocce di sudore che piovono sulla sabbia dell'arena.

Sono colpi identici che nascono e muoiono allo stesso tempo, parati sul nascere da entrambe le parti.

Non è un combattimento alla pari, è un duello contro se stessi.

E in uno scontro del genere, è impossibile capire se si è vincitori o vinti.

04

I loro respiri affannati ormai sovrastano il tifo del pubblico e persino il clangore del metallo.

«Raccontami contro chi dovresti salvare il mondo» gli dice Kendum col fiato corto. «Perché se è qualcuno che lotta con la spada, sei finito, straniero.»

«Non mi hanno spiegato con esattezza cosa sia» risponde Kendal, ansimando a sua volta, «ma so per certo che non ha mani per impugnare armi. La sua minaccia va oltre una semplice lama.»

La risata del gladiatore rimbomba nell'arena.

«È una storia divertente. Dovresti deporre la spada e scrivere commedie.»

«Non c'è niente da ridere» ribatte Kendal.

E lo colpisce con ancora più energia: a ogni contatto, scintille azzurre si sprigionano dal filo della sua spada.

«**L'Ombra esiste davvero e distruggerà ogni cosa**» insiste Kendal. Con un cenno di spada indica l'intero Colosseo. «Persino queste vecchie pietre.»

«Stai mentendo» risponde il gladiatore. «Nulla farà cadere l'Impero romano. Persino la mia gente è stata sconfitta e ridotta in schiavitù.»

Un affondo... che Kendal para all'istante.

«Fidati, ho letto i libri di storia. Ti faccio uno spoiler: non va a finire bene.»

La stessa forza. Un'unica furia che accende entrambi gli sguardi.

Le loro spade incrociate in una morsa che non accenna a sciogliersi.

«Allora, ti arrendi?» gli sibila Kendum, i capelli imperlati di cubetti di sudore.

È sfinito, Kendal lo sa perché si porta addosso la sua stessa stanchezza. E anche se in quel mondo non esistono vene sulle sue braccia, il ragazzo se le sente comunque pulsare.

Ma finché avrà una vita di riserva tra i suoi pixel, lui continuerà a lottare.

Quindi alza lo sguardo, fiero, e sostiene quello del gladiatore.

«Mai» gli risponde. «**Non mi arrenderò mai**.»

«Per i calzari di Marte!» impreca Kendum. «Sei vigoroso, straniero, devo concedertelo.»

Le armi tremano, è questione di attimi, la mano di uno di loro presto cederà.

Non la mia, ripete Kendal tra sé. *Non la mia*.

Ma un lampo improvviso acceca i due contendenti, costringendoli a separarsi nello stesso istante. È un bagliore arcobaleno, che Kendal comincia a sentire familiare. Così come la voce che l'accompagna.

«Finitela con questa sciocchezza! Non abbiamo tempo da perdere in stupidi combattimenti. Qui siamo nella stessa squadra» dice il Prof, sporgendosi dal portellone aperto dell'astronave.

Kendal alza lo sguardo e **la navicella è lì, a galleggiare sopra le loro teste**: ha recuperato la carica della batteria e le sue normali dimensioni. Il veicolo plana sull'arena in un turbinio di granelli di sabbia, e attira le occhiate sconvolte di tutti i presenti. Kendum incluso.

«Che stregoneria è mai questa?» domanda il gladiatore avvicinandosi all'astronave, in un misto di timore e curiosità.

«Vuoi vederla da vicino?» gli domanda Kendal mentre sale a bordo.

E afferrandolo per la toga, lo trascina con sé all'interno.

«BENTORNATI...» li saluta Bill-e.

L'astronave chiude il portellone alle loro spalle e una manciata di pixel piove dal tettuccio, ricombinandosi in un terzo sedile proprio sotto il sedere di Kendum.

«...E BENVENUTO A BORDO ALL'INVINCIBILE KENDUM» aggiunge l'intelligenza artificiale.

Kendal lancia un'occhiata di traverso alla linea verde che si dimena sul monitor.

«Guarda che sono io l'Invincibile» precisa.

«**UN KENDAL VALE L'ALTRO**» replica Bill-e.

Il gladiatore, intanto, si strappa di dosso la cintura di sicurezza. Si alza verso il portellone e comincia a prenderlo a spallate.

«Mi avete rapito, razza di barbari! La pagherete per questo. L'Imperatore vi troverà e...»

«Lamentati quanto vuoi» lo interrompe Kendal «ma per me il rapimento conta come una vittoria.»

Quindi si mette comodo sul suo sedile, le braccia incrociate dietro la nuca, e guarda fuori dal finestrino deciso a godersi il viaggio.

IL VEICOLO PLANA SULL'ARENA IN UN TURBINIO DI GRANELLI DI SABBIA

Adesso galleggiano di nuovo nel flusso temporale, ma Kendum non ne vuole sapere di farsi cullare da quel dondolio.

«Voce!» strilla, mentre batte con le dita sul display per richiamare Bill-e. «Se davvero questa è una biga che viaggia nel tempo, allora riportami ai miei giorni. Alla mia arena.»

«Se potessi scegliere, davvero torneresti ai combattimenti?» gli domanda il Prof, incuriosito. «Se sei un gladiatore, è probabile che tu sia un prigioniero di guerra. Non vorresti rivedere la tua gente, la tua famiglia? Tornare alla pace?»

Kendum sospira a fondo e si abbandona sul suo sedile. **«Pace» ripete con voce incerta. «Nemmeno mi ricordo più cos'è.»**

E spinge lo sguardo al di là dei finestrini, dove il panorama sta cambiando.

«BASTA CHIACCHIERE» interviene Bill-e. «ORMAI SIAMO GIÀ ALLA PROSSIMA FERMATA. HO RILEVATO LA PRESENZA DEL TERZO EROE.»

Con il solito atterraggio poco aggraziato, l'astronave pone fine alla sua corsa. Il Prof si alza, i capelli sconvolti e gli occhi che scintillano per la curiosità. «Chissà dove siamo atterrati questa volta.»

Ma tutto ciò che si vede dal lunotto è solo un verde acceso.

«Meglio scendere a esplorare» suggerisce Kendal ai compagni di viaggio.

Apre il portellone e fa strada all'esterno, lo seguono il Prof con passo timoroso e Kendum che chiude la fila a spada sguainata.

Ad accoglierli è solo una fitta vegetazione, che riluce di un bagliore verde.

«Anche da fuori la vista non è poi cambiata di molto» scherza Kendal.

«Bill-e, riesci a fare una scannerizzazione della zona?» domanda il Prof rivolto all'interno dell'astronave.

«PROCEDO S... U... B... I... T...»

Ma la voce elettronica non fa in tempo a completare la frase. Si spegne e, in un lampo, i pixel dell'astronave si sgretolano per ricomporsi nel solito cubo lucente.

«No, non di nuovo!» esclama Kendal.

Afferra al volo il cubo, per evitare che rotoli a terra perdendosi in mezzo al fogliame.

«Quale prodigio è mai questo?» domanda Kendum, studiando il cubo senza osare sfiorarlo. «Sembra un manufatto opera del dio Vulcano in persona.»

«Di sicuro risale ai suoi tempi, visto come funziona» commenta Kendal, sarcastico.

«Quanto tempo abbiamo questa volta?» domanda il Prof.

Il cubo risponde proiettando la solita scritta.

BATTERIE IN ESAURIMENTO
– RICARICA –
PROSSIMO VIAGGIO TRA 00:45:00

«Meglio darci da fare, allora» dice Kendal. «Nemmeno abbiamo capito dove, o meglio *quando* siamo finiti!»

Avanzano a piccoli passi, tra foglie talmente grandi che non si capisce se scendano dagli alberi o salgano dalla terra.

«**Questa foresta ha occhi dappertutto**» realizza Kendal. «Lo sentite anche voi?»

«Qualcuno ci osserva» concorda Kendum, lo sguardo e la punta della spada a perforare tutto quel verde.

«Qualcuno... o qualcosa» aggiunge il Prof con voce tremante.

Passo dopo passo, il verde si fa meno profondo, il fogliame meno fitto.

«Vedo della luce laggiù» avverte Kendal. «La foresta si sta diradando.»

La salita gli fa rallentare il passo. Dopo l'intensa sfida nel Colosseo, i suoi muscoli implorano pietà.

«Sono stancanti i giochi nell'arena, vero?» lo canzona Kendum, superandolo con uno scatto. «Comunque ti sei fatto onore. Hai perso con dignità.»

«Cos'hai detto?» Indignato, Kendal recupera il fiato e supera a sua volta il gladiatore. «Io non ho perso.»

«Ragazzi, abbiamo una missione complicata» cerca di mediare il Prof. «**Se cominciamo a litigare tra di noi è finita...**»

Ma i due lo ignorano.

«Se proprio ci tieni» ribatte Kendum piantando addosso a Kendal sguardo e mascella «ti concedo la rivincita.»

«Io non ho bisogno di nessuna rivincita, dato che ho *già* vinto!» sbotta Kendal, puntando la fronte contro quella del rivale.

«Ehi, teste quadrate!» li rimprovera il Prof. «Se continuate a darvi addosso, rischiate di perdervi il panorama.»

L'anziano li separa e li costringe a guardare davanti a sé. E solo allora Kendal si accorge che sono usciti dalla foresta.

«È stupendo...» bisbiglia meravigliato, e quasi non ha il coraggio di alzare la voce per non turbare quello spettacolo della natura.

Si trovano in cima a una montagna che sovrasta una **valle lussureggiante**, di un verde così intenso che Kendal non ricorda di aver mai visto in nessun bioma. Le foglie giganti sono solo un assaggio delle specie botaniche che li circondano: ci sono fiori variopinti, funghi e frutti dall'aspetto così bizzarro che Kendal non sarebbe mai riuscito a immaginare.

«Non ho mai visto piante simili» decreta Kendum, «immagino siamo ben oltre i confini dell'Impero.»

Kendal sorride. «E di parecchio.»

In lontananza **erutta un vulcano**: sputa lava e lapilli facendo tremare la terra sotto i loro piedi.

«Dalla vivacità della crosta terrestre, direi che ci siamo spinti ancora più indietro nel passato» ipotizza il Prof allungando lo sguardo attorno a sé.

«Ehi, ma quello è...»

Kendal resta senza parole mentre l'ombra dell'animale in volo sopra le loro teste li copre tutti e tre. Grandi ali membranose, artigli minacciosi, becco assassino e una peluria a ricoprire tutto il corpo.

«Un rettile volante» completa il Professore, sorriso da bambino sul volto e occhi che non si staccano dal cielo. «Un esemplare di certo appartenente alla famiglia degli **pteranodonti**. Questo vuol dire una sola cosa...»

«**Siamo nella preistoria!**» realizza Kendal con la voce rotta dall'emozione.

Un altro boato accompagna un'eruzione di lava. La terra gli si spacca sotto i piedi e Kendal perde l'equilibrio. L'astronave gli sfugge di mano e Kendum la riprende al volo.

«Fai attenzione, altrimenti per colpa tua rimaniamo senza biga» lo rimprovera.

«Ridammi l'astronave» gli intima Kendal tendendogli la mano, «non sei abituato ad avere a che fare con congegni elettronici.»

Ma il gladiatore non ci pensa nemmeno. «Imparo in fretta. È chiaro che sono più intelligente di te.»

«Ragazzi... non ricominciate» cerca di intromettersi il Professore, ma viene ignorato.

«Deciditi» dice Kendal al gladiatore. «O sei il più forte o il più intelligente.»

«Posso essere entrambe le cose.» Kendum giocherella con l'astronave passandosela, sotto il naso di Kendal, di mano in mano...

...in mano. Anzi: in zampa. Ora a intercettare il cubo sono degli artigli!

Un fruscio, uno scatto velocissimo tra le felci giganti, ed eccolo lì. Un **minuscolo dinosauro**, mimetizzato in mezzo a quel verde, stringe il loro unico modo per andarsene di là.

«Piccolo dispettoso!» ringhia Kendal, indignato.

Un paio di squittii e il rettile scappa via, inabissandosi nella foresta.

«Poveri noi...» esclama il Prof mettendosi le mani nei capelli. «Siamo spacciati!»

Ma i due giovani non lo possono sentire: ormai sono scattati all'inseguimento.

«Per una volta avevi ragione, straniero» dice Kendum, «questa foresta ha gli occhi.»

«Più che altro ha le zampe!»

05

Come possono delle zampe minuscole andare così veloci?

Eppure filano, eccome, e star loro dietro è un'impresa.

La dispettosa lucertola sfreccia tra le foglie, apparendo e scomparendo alla vista di Kendal. Il gladiatore corre spalla contro spalla insieme a lui, dietro di loro arranca il Professore.

«Quello è un **compsognathus**!» avvisa il Prof col fiato corto. «Piccolo, intelligentissimo e dispettoso.»

Ma chissà se i due giovani riescono a sentirlo. Seguire l'animaletto, infatti, non è l'unica impresa a cui si stanno dedicando, perché **la sfida tra loro sembra non finire mai**.

«Scommetti che raggiungo per primo la lucertola?» domanda Kendum, dando una spallata a Kendal per fargli perdere l'equilibrio.

«Sarebbe il minimo, dato che è colpa tua se ci ha rubato l'astronave.»
Kendal accelera al massimo. La testa china a evitare rami sporgenti, gli occhi a terra per non inciampare nelle radici.
Come invece succede al gladiatore.
«Non siamo nell'arena a giocare coi gattini» lo canzona Kendal. «I tuoi calzari sono più adatti alla sabbia che alla foresta.»
Poi, però, procedere in quella giungla diventa impossibile a entrambi: la fitta vegetazione impedisce il passaggio a chiunque non abbia la corporatura del piccolo dinosauro.
«**Dove non c'è un varco, bisogna crearselo**» sentenzia Kendal.
Alza in aria il braccio e...

EQUIPAGGIATO 1 ITEM
FALCE

...si ritrova a stringere l'impugnatura di una gigantesca falce.
«Scommetti che riesco a liberare il passaggio prima di te?» chiede.
Kendum sfodera lo scudo. «Con questo ti ho quasi fatto fuori. Figuriamoci se mi fanno paura un paio di ramoscelli.»
Un colpo di falce, uno di scudo.
Alla fine, Kendal intravede tra il fogliame il bagliore del cubo-astronave.
«La lucertola si è arrampicata! Non corre più a terra!»
Indica in alto, dove le fronde degli alberi chiudono lo spazio al cielo. Lassù, il compsognathus salta di ramo in ramo come uno scoiattolo, la coda avvolta attorno al cubo.
«Come facciamo a seguirlo?» domanda Kendum. «Dovremmo volare.»
«Temo sia impossibile» realizza Kendal ripercorrendo mentalmente il proprio inventario.

Nessun paio d'ali, no. Nemmeno delle eliche.

Il compsognathus si dondola sopra le loro teste, prendendoli in giro.

Kendal gli lancia un'occhiataccia, ma il rettile vigliacco si nasconde tra le liane che piovono dalle fronde.

Ma certo, le liane!

«Mi correggo» esulta, mentre si accende di adrenalina. «**Nulla è impossibile**.»

Batte le mani, comprimendo i pixel della falce sino a disintegrarli.

CONSERVATO 1 ITEM
FALCE

Quindi, sotto lo sguardo perplesso di Kendum, **prende la rincorsa e si appende a una liana**. Dondola verso la successiva, salta e l'afferra. E poi un'altra ancora, e ancora.

L'aria fresca di umidità gli sferza il ciuffo, i rami più bassi lo graffiano. E non è facile prendere il ritmo, calcolare l'oscillazione e il momento esatto in cui staccarsi da una liana. Ma una volta cominciato, è impossibile smettere. **Non esiste nient'altro: solo quel verde, e lui che ci vola attraverso.**

Kendum gli sfreccia accanto facendo fischiare il vento.

«Sei più lento dell'esercito etrusco» commenta mentre oscilla accanto al suo rivale.

Fra le mani stringe un capo della corda che ha usato per domare i leoni nell'arena: con destrezza, la aggancia di volta in volta a rami diversi per procedere con l'inseguimento.

«Taci, e stai attento a non perdere quei sandaletti» ribatte Kendal.

Ma non riesce a non notare quanto il gladiatore sia a suo agio tra boschi e liane.

Sembra nato per questo, pensa. *Forse lo è. In fondo non so nulla sulla sua terra d'origine.*

A interrompere quei pensieri è un raggio che lo centra dritto negli occhi, accecandolo. «E questo cos'è?»

Ma non è il sole: è la luce riflessa del cubo-astronave!

«Viene da quella parte» indica Kendal puntando il dito verso il basso.

Verso la terra, che è a qualche decina di metri sotto i loro piedi.

«Facciamo a chi si rompe di meno le ossa?» lo sfida Kendum.

Kendal sorride. Da lui non si aspettava niente di meno: la sua stessa voglia di sfidare i limiti!

«Prima gli anziani» scherza Kendal dandogli la precedenza.

Allora Kendum dondola sulla corda, per poi abbandonare la presa e tuffarsi con una capriola a terra.

«Tutto intero!» annuncia alzandosi in piedi. «Vediamo che cosa sai fare tu.»

Kendal si guarda attorno. Avvista un ramo, un secondo, un terzo... **Nella sua testa si compone la traiettoria perfetta per un percorso di parkour.**

«Guarda e impara!» dice al gladiatore. E poi comincia. Veloce, rapido e scattante. Si appende, salta, striscia, si dondola. Si aggancia a un ramo facendo il giro della morte tre volte fino a...

«Neanche un graffio!» annuncia Kendal saltando a terra in piedi, in perfetto equilibrio. «Questo non lo conoscete nell'Antica Roma.»

Kendum lo scruta con malcelata ammirazione.

«Devo riconoscerlo, sei un nemico alla mia altezza.»

«Allora smettila di chiamarmi "nemico". Ora giochiamo nella stessa squadra.»

S'incamminano verso la luce del cubo, lo sguardo del gladiatore che si adombra appena.

«Hai ragione. È facile dimenticarselo, quando è una vita che combatti.»

Poi gli sorride. Un sorriso puro e semplice, privo di sarcasmo. Ma dura solo un attimo, perché la foresta si dirada davanti all'ingresso di una caverna.

E lì, fermo, posato a terra, c'è il piccolo cubo dorato, la loro astronave. Del dispettoso dinosauro nessuna traccia.

«Dov'è finita la lucertola?» domanda il gladiatore.

Kendal afferra il cubo, se lo rigira tra le mani: non ha nemmeno un graffio.

«Perché l'ha abbandonato qui?» chiede. «Magari ha capito che non era cibo? Oppure ha fiutato un pericolo? Forse...»

A interrompere Kendal è **la terra che trema di nuovo**.

«Dobbiamo sbrigarci a individuare il terzo eroe» dice, «prima che il vulcano ci faccia saltare in aria.»

Ma al tremore si aggiunge un rumore in avvicinamento. Dei tonfi sordi e pesanti.

«Non credo sia il vulcano.» Kendum si stende con l'orecchio ad auscultare il terreno e una vena di terrore gli attraversa lo sguardo. «Cavalli! Sta arrivando un esercito?»

Dall'interno della caverna rimbomba un ringhio. Scuote le cime degli alberi, la punta dei loro capelli...

...e la terra, che trema ancora più forte.

«Dimmi che sei stato tu» sussurra Kendum.

«Sono stato io» risponde Kendal.

«Sul serio?»

«No.»

Un fruscio di foglie li mette sull'attenti. I due scrutano il folto della foresta col fiato sospeso.

DALL'INTERNO DELLA CAVERNA RIMBOMBA UN RINGHIO

Un rumore di passi. Un respiro ansimante.

«Eccovi, ragazzi!»

È solo il Prof che finalmente li ha raggiunti. Ha gli abiti strappati e i capelli sconvolti, ma Kendal non l'ha mai visto così raggiante.

«Avete notato che meravigliosi esemplari di ginkgo biloba?» commenta il Professore alzando lo sguardo verso la cima degli alberi.

Ma il sorriso svanisce di colpo dal suo volto.

«State immobili» intima. E sgrana gli occhi, fissando un punto alle loro spalle.

Verso l'imbocco della caverna.

Con lentezza assoluta, Kendal si volta.

Scaglie aranciate. Becco appuntito. Zampe possenti. Tre corni affilati.

Kendal tira un sospiro di sollievo. «È un **triceratopo**, il dinosauro più coccoloso di tutto il Mesozoico! Ho sempre sognato di vederne uno dal vivo.»

Ma non appena esce dalla caverna, l'animale dimena il collare borchiato in un ringhio che perfora i timpani e li investe col suo fiato fetido.

«Viaaaaa!» urla il Prof.

I tre si danno alla fuga, seguiti dal dinosauro che punta i corni verso i loro fondoschiena.

«Amico» annaspa Kendum, rivolgendosi a Kendal, «quella bestiaccia è coccolosa quanto una legione di centurioni.»

06

«Detesto la preistoria!» esclama il Prof sprecando il poco fiato rimastogli.

Il triceratopo è sempre alle loro calcagna, i corni affilati che rilucono al sole, le zampe che nella corsa travolgono massi, alberi e cespugli.

«**E pensare che era il mio dinosauro preferito!**» sbotta Kendal.

«Ma è erbivoro» protesta il Prof. «Cosa vuole da noi?»

«Forse cerca solo di giocare?» azzarda Kendum. «I miei leoni fanno così per attirare l'attenzione.»

Kendal lancia un'occhiata al dinosauro: il fiato che sbuffa dal becco del triceratopo e i suoi occhi infuriati non hanno niente di giocoso.

«Ok, Cornino» gli dice, «l'hai voluto tu!»

E, senza smettere di correre, estende un braccio come un arciere.

EQUIPAGGIATO 1 ITEM
ARCO CON FRECCE

Tra le mani gli compare un **arco con la freccia** già incoccata, sulla schiena una faretra completa di munizioni dalla punta argentea.

«Mira alla pancia, dove la pelle è più sottile» gli consiglia Kendum.

Kendal scuote la testa. «Non voglio ferirlo, solo bloccarlo.»

Si ferma, il triceratopo punta dritto verso di lui. **Ma la mano del ragazzo è sicura, il suo occhio socchiuso e il braccio teso alla perfezione.**

«Fai centro, bella» sussurra alla freccia.

E quella obbedisce. Vola sibilando sopra il dinosauro, sfiorando i suoi corni per poi fermarsi un istante a mezz'aria sopra di lui. L'animale la scruta con il collare all'insù, aggrottando le squame.

Un click: dall'interno della freccia scatta fuori una rete metallica che si apre e si ancora al terreno. Intrappolato al suo interno, il bestione si lamenta, cerca di muoversi, ma la trappola argentata non gli lascia scampo.

«Forza, sbrighiamoci!» intima Kendal agli altri due, rimasti a fissare la scena. «Non lo fermerà a lungo.»

Raggiungono le sponde di un ruscello che gorgoglia verso valle.

Kendum sta per sfilarsi la veste, pronto a tuffarsi, ma il Prof lo trattiene.

«La corrente è troppo forte, non possiamo attraversarlo a nuoto.»

«Allora saltiamo di roccia in roccia» suggerisce Kendal.

Si lancia a fare da apripista, indicando ai compagni i massi meno scivolosi.

«Sono strane queste rocce. Sembrano coperte di alghe squamose» osserva.

Qualcosa gli sibila davanti al ciuffo.

È un sassolino infuocato, che s'inabissa sfrigolando nel fiume.

E poi un altro, dieci, uno sciame intero.

«Sono lapilli!» avverte il Prof.

«Il dio Vulcano è arrabbiato» commenta Kendum.

«**Prima il triceratopo, adesso l'eruzione... La preistoria ce l'ha proprio con noi!**» scherza Kendal mentre sceglie con cura il prossimo masso su cui saltare.

Ma i dispetti da parte del passato non sono ancora finiti, perché una roccia comincia a muoversi sotto i piedi del Prof.

«Attento!» lo allerta Kendum. «Quel masso è vivo.»

«Infatti non è un masso» si accorge Kendal.

È il dorso di una creatura dotata di borchie, scaglie e pungiglioni che si nasconde sotto il pelo dell'acqua.

«Un mostro acquatico...» commenta Kendum a occhi sbarrati. «Credevo esistessero solo nei miti.»

«E invece è un rarissimo esemplare di **pixelsaurus di fiume**» aggiunge il Prof mentre lancia occhiate terrorizzate, ma curiose, alla creatura sotto i suoi piedi. «La bella notizia è che posso studiarlo dal vivo.»

«E la brutta?» chiede Kendal.

«Che vivono in branco. Anche le vostre rocce si muovono.»

Da sotto l'acqua cominciano ad affiorare enormi musi allungati, ricoperti da squame color carbone.

«Il torrente è infestato da queste bestiacce» realizza Kendal. «Il calore dei lapilli deve averli svegliati.»

E non appena lo dice ad alta voce, sente l'equilibrio vacillare. La presa dei piedi sul dorso del suo pixelsaurus si fa più scivolosa, mentre tante dentiere giurassiche gli si avvicinano alle caviglie.

«**Questo torrente morde!**» esclama Kendum, mentre le fauci delle bestie scattano a vuoto.

Lapilli dall'alto, denti dal basso.

«E adesso, come facciamo?» domanda il Prof, disperato, mentre sfila l'orlo della tuta da un morso che va a vuoto.

Kendal s'illumina in un sorriso. «Andiamo dove i bestioni non possono azzannarci.»

E con uno slancio salta dritto sulla testa di un pixelsaurus, per poi rimbalzare su un'altra testa, e un'altra ancora...

«Seguitemi!» incita i compagni.

Le scaglie sono viscide e l'animale scuote la testa per disarcionarlo. Kendal scivola, ma riesce ad acchiappare la coda del pixelsaurus successivo.

«**Sono o non sono il re del parkour?**» esclama Kendal carico di adrenalina, mentre continua a saltare da un dinosauro a quello accanto.

Nonostante le proteste dei bestioni, per nulla rassegnati a non poterlo azzannare, il ragazzo riesce a ruzzolare a riva sano e salvo, seguito a ruota da Kendum e dal Prof. Tra le mani si ritrova una scaglia di quelle bestiacce: più nera del nero, il suo bordo pare nato per squarciare pixel. Meglio tenerla stretta, nel mondo di Minecraft non si sa mai.

CONSERVATO 1 ITEM
SCAGLIA DI PIXELSAURUS

Il Prof abbraccia il fango melmoso.

«Siamo vivi? Ditemi che siamo vivi.»

Ma Kendal non si concede ancora un sospiro di sollievo. Perché un pixelsaurus di colpo guizza fuori dall'acqua, emergendo in tutta la sua spigolosa enormità.

Un ammasso di squame, muscoli e denti.

Sembra un incrocio tra un gigantesco coccodrillo e un delfino.

I tre restano per un istante a fissarlo, in un misto di terrore e ammirazione.

Anche se sono a riva, un suo colpo di coda potrebbe sgretolarli.

«Scappiamo!» urla Kendal.

Corrono senza guardarsi indietro. Esiste solo ciò che c'è davanti, perché l'alternativa sarebbe orribile. E allora continuano a sfrecciare anche quando sono fuori dalla portata della coda, finché vanno a sbattere contro un tronco.

«Fine della corsa» sospira Kendal, tastandosi il bernoccolo cubico che sente già spuntare sulla fronte.

Si volta appena in tempo per vedere il dinosauro marino che s'inabissa nel torrente insieme al suo branco.

«Siamo salvi!» esulta il Prof, e per rialzarsi si appoggia all'albero. «Ma che strano questo tronco...»

«Non è un tronco» commenta Kendum con voce tesa e mascella all'insù.

Un ringhio. *Quel* ringhio.

«Oh no! Ancora lui!» esclama Kendal irritato, trovandosi davanti ai tre corni del feroce triceratopo.

Sono in trappola.

Da una parte il fiume, dall'altra il dinosauro erbivoro meno coccoloso del Cretaceo.

Ci dev'essere una via di fuga, riflette Kendal.

Non fa in tempo a completare il pensiero, che un'ombra sbuca alle loro spalle.

Veloce. Scattante. Selvaggia come l'urlo che esce dalle sue fauci.

Il suo ringhio si sovrappone a quello del triceratopo, lo schiaccia per forza e volume.

Ma è di un umano che si tratta: a piedi nudi, indossa una veste di pelli d'animale, ha una grande massa di capelli stopposi e una folta barba. E, cosa completamente fuori luogo e fuori tempo, indossa un paio di occhiali dalla spessa montatura nera.

«Roongh!» urla il cavernicolo al dinosauro, brandendo una clava che ha tutta l'aria di pesare quanto Kendal.

La lancia, e centra un corno del triceratopo.

«Wow, che mira!» commenta Kendal.

Il dinosauro scappa via guaendo con la coda tra le zampe mentre i tre si avvicinano al cavernicolo.

Oltre le folte sopracciglia, la fronte prominente e il cipiglio cupo, oltre i muscoli impressionanti forgiati dalla lotta quotidiana per la sopravvivenza, è impossibile non riconoscere dei lineamenti familiari.

«**Ecco qui il nostro terzo eroe**» sussurra Kendal ammirato.

«Credo si tratti di un uomo di Neanderthal» dice il Prof sottovoce, tenendo a stento a bada l'emozione.

«Io sono Kendal» si presenta il ragazzo. «E questi sono il Professore e Kendum.»

«Kendaargh!» grugnisce il cavernicolo indicando se stesso.

«Piacere, Kendaargh!» risponde Kendal.

Non sa se allungargli la mano, dargli una pacca sulla spalla o... Come ci si presenta a un uomo dell'età della pietra?

Ma Kendaargh non condivide il suo imbarazzo. Gli si avvicina con curiosità, lo annusa, lo sfiora e poi, indicandolo con un dito...

«Tu Kendaargh!» esclama.

«Mmm... no, non sono un Kendaargh» sorride il ragazzo. «Sei tu che sei un Kendal.» Ma il cavernicolo lo scruta perplesso.

«Lo confondi» dice Kendum. «È più semplice spiegargli che siamo tutti dei Kendum. In effetti abbiamo più cose in comune io e lui: entrambi forti, valorosi e lottatori.»

Kendaargh sposta l'attenzione verso il gladiatore. Anzi: verso il suo elmo.

«Vedi?» continua quello orgoglioso. «Abbiamo persino gli stessi gusti.»

«Ti piace l'elmo?» s'intromette Kendal. «È tuo se vieni con noi.»

«Come ti permetti...?» obietta il gladiatore.

Ma Kendaargh gli sfila bruscamente l'elmo, se lo rigira tra le mani annusandolo. In quell'istante il suo cipiglio si scioglie, lasciando spazio a un sorriso.

E quello, Kendal ne è certo, è il *suo* sorriso.

«**Mi somiglia**» commenta Kendal.

«*Ci* somiglia» lo corregge Kendum.

«Io e lui siamo più belli.»

Un urlo lancinante interrompe la discussione...

«Dentifang!»

...è l'ululato di dolore di Kendaargh, che ha dato un morso all'elmo.

«Ecco, l'intelligenza l'ha presa da te» conclude Kendal tra gli sghignazzi.

Intanto il cubo dorato gli sguscia fuori dalla tasca e, **in un'esplosione di luci e colori, l'astronave torna alle sue reali dimensioni**. In moto, pronta a partire.

«FORZA, PIGRONI, TUTTI A BORDO!» intima Bill-e dall'interno.

«Parli facile, tu, in tutto questo tempo ti sei riposato» lo rimbrotta Kendal.

Il Prof sfila con delicatezza l'elmo di mano a Kendaargh e gli fa annusare una barretta energetica.

«Bronf!» si lamenta il cavernicolo.

«Hai fame, vero?» gli chiede il Prof. «Se verrai con noi, il cibo non ti mancherà.»

Forse sono quelle parole, forse l'assaggio che dà allo snack, involucro compreso, ma Kendaargh si convince a seguirli a bordo.

«PROSSIMA FERMATA» gracchia Bill-e dando loro il benvenuto dallo schermo «**ANTICO EGITTO!**»

07

Uno scorpione si crogiola al sole. Cubetti su cubetti di sabbia formano delle dune dorate. In lontananza si staglia una **piramide** che getta un'ombra su quel mare desertico.

BANG!

Un lampo rompe il muro del suono. È l'astronave che plana ai piedi della piramide. Lo scorpione scappa rifugiandosi sotto la sabbia, ma il cielo resta azzurro, la quiete di quelle dune non viene turbata dal rumore del veicolo.

Peccato, però, che **all'interno dell'astronave non domini la stessa pace**.

«Ti ho detto che ho bisogno di più spazio» protesta Kendum stiracchiandosi fino a urtare le gambe di Kendal.

«Se lo fai un'altra volta, droppo anche a te un cubo d'oro sui piedi» risponde l'altro scrutando i calzari del gladiatore. «E poi, che spazio vuoi avere? Sei più basso di me!»

«Ma se mi arrivi alla spalla!»

«Ragazzi, manteniamo la calma» intima il Prof col piglio sfinito di un insegnante in gita. «Ehi, Kendaargh, ti ho spiegato che fino all'atterraggio devi restare seduto! Cosa fai?»

Il cavernicolo sta incidendo la parete dell'astronave con un frammento di ossidiana.

«PROF, FALLO SMETTERE, MI FA IL SOLLETICO» commenta Bill-e, la linea verde che sobbalza sullo schermo a ogni nuova incisione.

Il Prof si libera dalla cintura e lo raggiunge. «Pregevole forma d'arte rupestre» commenta studiando i graffiti estesi all'intera parete.

Kendal scuote la testa e si dirige al portellone aperto. «**Questa navicella comincia a essere decisamente troppo affollata**.»

«Concordo.» Il Prof si asciuga il sudore dalla fronte e insieme agli altri passeggeri segue Kendal fuori dall'astronave. «Dove li mettiamo gli altri due Kendal?»

«INTANTO DATEVI DA FARE PER TROVARLI» interviene Bill-e dall'interno della navicella. «IO MI STO PER...»

«...spegnere» completa Kendal mentre, un pixel alla volta, l'astronave si comprime nel solito cubo luccicante, che proietta la scritta...

BATTERIE IN ESAURIMENTO
– RICARICA –
PROSSIMO VIAGGIO TRA 00:45:00

Il Prof se lo infila in tasca e percorre il viale lastricato che conduce all'ingresso della piramide. «Se Bill-e ci ha fatto sbarcare qui, vuol dire che l'eroe che cerchiamo è nelle vicinanze.»

«Non può che essere lì dentro» concorda Kendal.

E punta i pixel all'insù per ammirare le enormi colonne che sorreggono il portale. Superate quelle, il ragazzo arriva al colossale portone in pietra: è decorato con file e file di geroglifici incomprensibili che il Professore sta sfiorando con la mano.

«Di sicuro questa iscrizione reca le istruzioni per aprire il portone» sospira l'anziano. «Vorrei tanto tradurre l'intera parete, ma purtroppo non ne abbiamo il tempo.»

Kendal studia le pietre, preme qualche blocco sperando di smuovere qualcosa. «**Magari c'è un passaggio segreto, nascosto qui da qualche parte**.»

«Inutilmente complicati questi Egizi» scuote la testa Kendum. «Altro che le costruzioni chiare e razionali del nostro Impero.»

«Fammi capire» gli dice Kendal. «I Romani ti hanno portato via dalla tua gente, ridotto in schiavitù e costretto a giocarti ogni giorno la vita nel Colosseo... e tu li difendi?»

«È complicato» ammette il gladiatore. «Ma mi rendo conto che un ammasso di pixel come te non riesce a comprendere le emozioni complesse.»

Kendal gli si avvicina, naso contro naso, fronte contro fronte, occhiale contro occhiale. «Ripetilo, se hai il coraggio.»

«Dicevo che sei un ammasso di...»

«Basta, ragazzi!» sbotta il Prof. «Siamo davanti a una prova ardua, dobbiamo usare tutto il nostro ingegno per...»

I tre sono così distratti dalla lite che non si accorgono che **Kendaargh ha dato un'annusata alla porta e poi ha sferrato un pugno alla parete**.

CRASH!

L'inconfondibile rumore di un blocco di pietra che va in frantumi, e una nuvola di polvere che ammanta ogni cosa.

«Groufl!» grugnisce il cavernicolo.

«Hai ragione, amico» concorda Kendal, «**anch'io trovo che a volte l'ingegno sia sopravvalutato**.»

E dopo avergli dato una pacca sulla spalla robusta, salta sopra i blocchi abbattuti per farsi inghiottire dal buio della piramide.

Dietro di lui rimbombano i passi dei compagni, davanti a lui si spalanca l'ignoto.

Un rumore vibra nell'oscurità.

«Fermi!» ordina Kendal al gruppo. «Lo sentite anche voi?»

«Sembra il sibilo di un serpente» commenta Kendum.

«Io *odio* i serpenti» sussurra il Prof con voce incrinata.

«No, è un rumore ritmico. Secondo me è lo scatto di qualche meccanismo.»

«O forse sei tu che tremi di paura» lo canzona Kendum. «A me ricorda un rumore di denti che sbattono.»

Kendal stringe i pugni per evitare di colpire la mascella del gladiatore. Non può cadere nella provocazione, deve concentrarsi sull'obiettivo.

Allora schiocca le dita...

EQUIPAGGIATO 1 ITEM
TORCIA

...e tra le mani compare una torcia ardente, che illumina l'ambiente di una fioca luce tremula.

Si trovano in un corridoio stretto e lungo. Pareti irregolari in blocchi di pietra ai lati e **spuntoni acuminati che si alzano e abbassano**.

«Zrumf!» esclama Kendaargh contrariato.

«Hai ragione, ancora un passo ed eravamo degli spiedini» dice Kendal.

In effetti Kendum non si è sbagliato di molto: sembrano dei denti famelici.

E lo spuntino sono loro.

«Li abbiamo attivati al nostro ingresso nella piramide» deduce il Prof.

Kendum si sfila la corda dalla vita e fa volare il cappio attorno a uno spuntone.

Tira. E tira ancora.

«Il meccanismo non si riesce a fermare» dice.

«Come facciamo ad avanzare? Passare lì in mezzo è impossibile» commenta il Prof. «Gli spuntoni sono troppo fitti, e vanno su e giù in maniera troppo imprevedibile.»

«Sbatabrumf!» ruggisce Kendaargh.

«No, non si possono abbattere a pugni» gli risponde Kendum trattenendolo per la veste.

I denti continuano ad aprirsi e chiudersi, una morsa che non si placa.

«Una cosa è chiara» dice Kendal. «Non dobbiamo camminare sul pavimento.»

«Neanche sul soffitto» aggiunge Kendum.

«Giusto. Ma che cosa ne dite delle pareti?» propone Kendal. «Non sono perfettamente lisce, qualche blocco sporge. Con un po' di forza nelle braccia e di pixel in zucca, forse si può fare.»

Per una volta nessuno ribatte. Il che vuol dire che o è una pessima idea, oppure nessuno ne ha trovata una migliore.

Kendal affida la torcia al Prof e poi fa strada. Uno slancio, e si appende al primo blocco prominente. I piedi quasi scivolano sulla sporgenza ma, recuperato l'equilibrio, è pronto per il secondo passo.

Allunga la mano, allunga la gamba.

Inutile.

I punti di appiglio sono troppo lontani.

«Kendal, torna indietro» gli consiglia Kendum. «Non ce la puoi fare, è impossibile.»

Ma lui continua a guardarsi attorno. Ha vissuto così tante avventure in giro per i biomi da aver cancellato la parola "impossibile" dal proprio vocabolario.

Ed è allora che capisce, che vede il prossimo appiglio.

È abbastanza vicino, ma il movimento richiede **una piccola dose di follia**.

La mia specialità, pensa sorridendo.

Allora prende un respiro e si volta, misurando i movimenti al millimetro, finché riesce a dare le spalle alla parete.

«No, ragazzo, cosa fai? Non ti vorrai mica lanciare in pasto agli spuntoni?» domanda il Prof, la voce venata dal terrore.

Ma Kendal non lo ascolta. **Si concentra, flette i muscoli e, sotto gli occhi perplessi dei compagni, salta...** per atterrare sulla parete opposta.

«Geniale!» esclama il Prof entusiasta. «In effetti non ci avevo pensato.»

Kendal recupera il fiato e poi prosegue saltando di nuovo verso l'altra parete. E continua così, alternando appigli da un lato all'altro del corridoio. A volte le mani scivolano, mette i piedi in fallo. Ma riesce sempre a tenersi miracolosamente in equilibrio.

Una volta trovato il metodo, **la fine del corridoio si fa sempre più vicina**.

Basta non ascoltare lo scatto ritmico degli spuntoni sotto di lui e concentrarsi solo sulle parole di incoraggiamento dei compagni.

«Kendaargh!» ruggisce Kendaargh.

«Forza, ragazzo!» lo incita il Professore. «Sei davvero il re del parkour!»

Kendum non dice niente, ma già il fatto che non lo stia canzonando è per Kendal una gran cosa.

L'ultimo appiglio, e poi Kendal raggiunge la parte opposta del corridoio.

«Ce l'hai fatta!» esclama il gladiatore, più incredulo che entusiasta.

Non appena i piedi di Kendal tornano a terra, gli spuntoni smettono di scattare e s'inabissano nel pavimento. E, con gran sollievo del Prof che non si sentiva certo pronto per uno sforzo del genere, **il gruppo si riunisce, pronto per la prossima sala...**

...e una nuova prova.

SQUISHH!

Un sibilo li saluta non appena entrano in un'ampia stanza dalle pareti costellate da fori.

«Ecco, qui sì che ci sono i serpenti» si lamenta il Prof.

Invece si tratta di frecce. Piovono da ogni direzione, lanciate dai buchi nelle pareti.

«Forse erano meno letali i serpenti» commenta Kendal.

«Giù la testa, Prof!» dice Kendum al vecchio, mettendolo in salvo.

Si riparano tutti dietro una larga colonna.

«Per proseguire c'è solo questo passaggio» dice Kendal. «Non esiste modo di evitare le frecce.»

Kendaargh, incurante del pericolo, muove un passo allo scoperto.

«Fermo! Dove vai?» gli grida il Prof.

Una freccia si pianta sul torace del cavernicolo, al di sopra della sua veste di pelle, ma lui pare non accorgersene. Sono le urla del Prof e gli sguardi allarmati degli altri due a farglielo notare.

«Frush!» esclama Kendaargh, sfilandosela senza battere ciglio.

«Sì, per fortuna non ti ha nemmeno scalfito» gli dice Kendum. «Non ha trapassato la tunica.»

«Però la veste è corrosa» nota il Prof indicando il segno di una bruciatura lì dove la freccia si è piantata.

Kendum contrae il mascellone. «Come temevo. **La punta era avvelenata**.»

«Ottimo, le frecce da sole non ci facevano abbastanza male» ironizza Kendal.

Nessuno però ha voglia di ridere. L'espressione di Kendum si fa tesa, ma mentre equipaggia lo scudo i suoi occhi brillano nella penombra.

«Posso farcela. Parerò i colpi e vi traghetterò sani e salvi dall'altra parte. Fidatevi di me.»

Kendal non ha mai visto uno sguardo così deciso addosso a qualcuno. Anzi, l'ha visto solo su un volto. Il suo.

«Ok. Ci fidiamo» concede.

Non servono altre parole, Kendum passa subito all'azione: esce dal raggio di protezione della colonna e para subito tre frecce.

«Tutti dietro di me! Statemi vicino» ordina, mentre continua a proteggerli dalla pioggia di dardi.

Si muove con velocità, sembra avere occhi ovunque. Come se il suo scudo fosse grande abbastanza da salvarli tutti e quattro. **Come se, invece di combattere, stesse danzando.**

È un guerriero eccezionale, pensa Kendal.

La sua non è invidia, bensì fierezza. È uno spettacolo veder lottare **Kendum contro quell'esercito invisibile.**

Come mai un guerriero valoroso è caduto prigioniero in mano nemica? Come ha fatto un uomo così tenace a rassegnarsi alla vita da gladiatore?

Un passo dopo l'altro, una freccia dopo l'altra, l'uscita dalla sala è sempre più vicina. Ma quando Kendal è a un passo dall'arrivo, una freccia gli sibila accanto, diretta alla fronte. Kendum prontamente alza lo scudo e la punta si va a conficcare insieme alle tante altre.

Kendal respira a fondo. «Grazie.»

E lo pensa davvero.

«Se siamo ancora tutti interi» dice il Prof lisciandosi i baffi scomposti, «direi di tuffarci nella prossima sala. Pronti?»

«Sempre!» risponde Kendal, perché **non esiste stanchezza in grado di spegnere il suo entusiasmo.**

E fa strada oltre la soglia

Nessuna freccia e, per fortuna, nessuno spuntone sul pavimento. Solo un lunghissimo corridoio. Talmente lungo che non se ne vede il fondo.

«Facciamo attenzione» commenta Kendal, scrutando le facce dei compagni che tremolano alla luce della torcia. «**Ho un brutto presentimento**.»

Avanza con fare guardingo, quando qualcosa comincia a vibrare sotto i suoi piedi. Scambia occhiate perplesse con gli altri: non c'è bisogno di dirsi niente, anche loro l'hanno sentito.

Kendum porta l'orecchio a terra. «Sembra il rumore di una cascata.»

«Corsi d'acqua nelle piramidi?» si chiede il Prof. «Sarebbe una novità.»

«Qualsiasi cosa sia, si sta avvicinando» si allarma Kendal.

«Gratagrasp!» concorda Kendaargh.

Ormai trema tutto il corridoio. Sotto, sopra, persino dentro: Kendal può sentire i battiti dei loro cuori che pulsano all'unisono. E accelerano a mano a mano che il rumore aumenta.

«È alle nostre spalle!» avverte Kendal.

E, come un unico corpo, tutti e quattro cominciano a correre tra discese, salite e svolte. Tra inciampi e mani che aiutano a rimettersi in piedi. Corrono, finché davanti a loro non compare un muro.

«Un vicolo cieco!» esclama il Prof. «Siamo in trappola!»

«Rollonton!» urla Kendaarg indicando il loro inseguitore.

Un enorme macigno sta rotolando verso di loro.

Nessuna parete può offrire appigli, nessuno scudo può proteggerli.

«Ragazzi, è stato un onore conoscervi» dice il Prof. «Finire schiacciati insieme a voi non è una fine così malvagia.»

«Prof, smettila!» intima Kendal. «Non voglio sentire parole del genere.»

«Che modi... Un po' di rispetto per gli anziani» lo accusa Kendum.

«Anziano a chi?» si offende il Prof.

«Zitti!» sbotta Kendal. «Lo sentite anche voi?»

«Io non sento nulla» dice il Prof.

«Appunto. Il masso non rotola più.»

Solo allora i tre si voltano e vedono Kendaargh che, senza il minimo sforzo, lo sta trattenendo con una sola mano.

«Grande, Kendaargh!» esulta Kendal. «**Sei il mio Kendal preferito**.»

«Tu Kendaargh!»

Kendal scoppia a ridere. «Ok, te lo sei meritato. Per una volta sono io a essere un Kendaargh.»

E anche gli altri si uniscono alle risate.

«Ok. Il masso non ci ha schiacciato» continua Kendal, «ma come ci liberiamo da qui?»

L'ilarità nel gruppo aumenta, anche se si tratta di risate isteriche.

A interromperle è una voce che rimbomba nello spazio, zittendoli.

«Chi è che osa profanare con questa sguaiatezza il mio tempio?»

«C'è qualcuno?» chiede Kendum.

«La voce proviene da qui dietro» dice il Prof appoggiando l'orecchio alla parete in fondo al corridoio.

«Mi sentite, schiavi?» risponde lo sconosciuto. «Vi ordino di liberarmi immediatamente!»

«Con chi parlo?» chiede il Professore.

«Sono l'astro del giorno e della notte, il signore di tutti gli uomini. Il figlio del Sacro Nilo. **Il faraone TutanKendal**.»

08

«Avete sentito come ci ha chiamato? "Schiavi"» ripete Kendum, serrando la mascella. «Ma chi si crede di essere?»

«Lo so, non sembra molto simpatico» concorda Kendal. «Ma è uno di noi, di sicuro è il quarto eroe che cercavamo. Ormai riconosco la sensazione, mi sento tutti i pixel pizzicare... e so che è lo stesso per voi.»

Nessuno obietta, e Kendaargh si dà una grattatina alla nuca.

«Allora dobbiamo trovare un modo per disincastrarci da qui ed entrare nella sala oltre il muro» dice il Prof. «Ma come?»

«Saltacrash!» risponde Kendaargh.

E con la mano libera afferra per il polso il Prof, sollevandolo come se non avesse peso, per trasportarlo oltre il masso. Poi è il turno di Kendum e infine...

«A cosa serve farci tante domande, quando abbiamo Kendaargh?» dice Kendal, mentre il cavernicolo fa volteggiare anche lui.

Ora tutti tranne Kendaargh sono in salvo dall'altra parte del masso.

«Sua Maestà» urla il Prof al faraone, «fatti da parte!»

«E perché?»

Kendal sorride a Kendaargh. «Ragazzone, fai la tua magia.»

E quello, in un'unica mossa, molla la presa dal masso per balzarci sopra. Ci cammina un po' in cima, facendolo rotolare sotto i piedi, poi salta a terra. **E così il macigno, senza più nessun ostacolo, prende velocità fino a schiantarsi contro il muro.**

Le urla di protesta del faraone vengono ingoiate dal rumore delle pietre e da una nuvola di polvere che ammanta ogni cosa.

Il gruppo attraversa il varco aperto nella parete e si ritrova in una sala dalle dimensioni smisurate. Il panorama lì dentro è molto simile a quello esterno: dune e dune luccicanti. Ma non sono di sabbia, bensì di...

«Oro!» esclama Kendum incantato. «Monete, monili, gioielli...»

«**Suppongo sia la sala del tesoro**» dice il Prof.

«Sì, del *mio* tesoro» ribadisce una voce autoritaria.

TutanKendal si spazza via la polvere dalle vesti e si erge davanti a loro con lo sguardo fiero.

«Vi impedisco di toccare anche solo una gemma.»

Kendal non riesce a trattenere lo stupore: nonostante il colore ambrato della pelle, le vesti da cerimonia e gli occhi bistrati di nero, **il faraone gli somiglia tantissimo**. Anche lui indossa gli stessi occhiali dalla spessa montatura scura. Inconfondibili.

«Stai calmo, amico, i gioielli non ci interessano» gli spiega, «noi siamo qui per portare via solo te.»

Sdegno e irritazione si dipingono sul volto color biscotto del faraone.

«Venire con voi? Non se ne parla! Non sono una figurina di argilla che potete spostare a vostro piacimento.»

Kendum muove un passo avanti, lo scruta a braccia conserte, per nulla intimidito. «Se la tua gente ti rispetta tanto, chi è stato a rinchiuderti qui dentro?»

TutanKendal abbassa lo sguardo. «Il mio consigliere. Abbiamo avuto una divergenza di vedute.»

«Su che cosa?»

«Sul fatto che secondo lui io dovevo restare lontano dal trono» risponde il faraone accasciandosi con aria drammatica sopra un forziere di monete. «Una spiacevole seccatura, davvero.»

«Mi dispiace, *Maestà*, ma le cose sono due» gli dice Kendal avvicinandoglisi. «O resti rinchiuso qui da solo a governare su montagne di oro...»

«Oppure?»

«Oppure ti unisci alla nostra missione. **Un nemico oscuro ci attende nel futuro, e solo noi possiamo sconfiggerlo**.»

«*Noi*, chi?» domanda il faraone.

Kendal si accosta a Kendum, che a sua volta mette una mano sulla spalla a Kendaargh. Tutti e tre si spingono gli occhiali sul naso nello stesso momento. Il cavernicolo è accanto a una statua di TutanKendal, la cinge affettuosamente per le spalle, ma finisce per frantumarla.

«Noi quattro» spiega Kendal. «**C'è un legame speciale che ci unisce.** Non lo vedi?» Gli offre la mano per aiutarlo a rimettersi in piedi. «Non lo senti?»

Il faraone accetta l'aiuto e si alza. Scruta i lineamenti dei tre, cercando tracce di sé mentre si sistema anche lui gli occhiali, con lo stesso gesto automatico.

«D'accordo» cede TutanKendal. «Se proprio insistete a liberarmi,

verrò con voi. C'è però un piccolo, insignificante, impedimento.»

«E cioè?»

Il faraone indica con dito tremante un punto della sala, in cima a una duna di monete. «Loro!»

Due figure vestite di bianco avanzano con camminata stentorea.

«Se sono i tuoi carcerieri, nessun problema» interviene Kendum equipaggiando lo scudo, «ho visto leoni azzoppati più minacciosi.»

«Io non sarei così spavaldo» commenta il Prof.

Kendal, che riconosce il terrore nella voce dell'anziano, si volta verso le figure che avanzano.

Hanno mani tese in avanti, bocche spalancate. E sguardi spenti. Occhi morti, che ormai hanno dimenticato l'eco delle vite passate.

Perché non sono vesti bianche, quelle che indossano, no. Sono bende.

Bende sanguinanti.

«Ragazzi...» sussurra Kendal, «**sono delle mummie!**»

A mano a mano che si avvicinano, si sente sempre più forte un odore: è acre e pungente. Kendal lo riconosce subito, perché più volte ci si è imbattuto durante le sue avventure.

È puzza di morte.

«Groal, groal, groal, groal, groal...» conta Kendaargh.

«Hai ragione, ragazzone, le mummie non sono due» concorda il Prof. «Sono cinque.»

«Ci stanno accerchiando» precisa Kendum. «Adesso sono sedici.»

«Miei ingenui schiavi» scuote la testa TutanKendal. «Sono molte di più. Un esercito intero. E sono sotto un incantesimo che le fa risvegliare nel caso io tenti la fuga.»

«La smetti di chiamarci "schiavi"?» intima Kendum puntandogli contro lo scudo.

Kendal lo placa con una mano sulla spalla. «**Ci sarà tempo per litigare. Ora pensiamo a sopravvivere e a tagliare la corda**.»

«Paura, eh?» gli chiede Kendum con gli occhi che brillano.

È l'eccitazione per la battaglia imminente. Una sensazione che conosce bene anche Kendal.

«Sai cosa c'è? **Scommetto che ne faccio fuori più di te**» ribatte. E poi urla al cielo: «Ascia!».

EQUIPAGGIATO 1 ITEM
ASCIA

Tra le mani gli compare un'arma gigante dalla lama lavorata.

«Bonfete!» ruggisce Kendaargh equipaggiando la sua clava.

«Ok, ok, è una sfida tra tutti e tre» concorda Kendal. «Pronti?»

Due sorrisi identici gli rispondono. Si unisce anche quello più incerto del Prof che brandisce ancora la torcia di Kendal. La sua mano trema, ma la presa è salda.

«Secondo i miti, le mummie dovrebbero avere paura del fuoco» dice alzando le spalle. «Speriamo!»

Non c'è nemmeno tempo di dare il "via", sono le mummie a decidere per loro.

«Attento, Prof!»

La prima attacca l'anziano alle spalle, ma Kendal riesce a tagliarle di netto la testa, che rotola ai piedi del faraone insozzando di sangue nero gli orli della sua pregiata veste.

«Che modi barbari...» commenta quello trattenendo un conato di vomito.

«**Meglio vivere lerci che morire da puliti**» ribatte Kendum, tramortendo con un colpo di scudo due mummie. «Due a uno per me, Kendal!»

«Smettetela coi giochetti!» strilla il faraone. «Ecco, laggiù, ne arrivano altre!»

Sono un gruppo compatto. Le bende che penzolano a terra, gli occhi lividi puntati su di loro, il marciume che sfrigola sotto gli strati di cotone vecchio di secoli.

«Ce ne sono abbastanza per tutti» scherza Kendal.

E si tuffa nella mischia, menando fendenti, tranciando teste, facendo volare braccia e brandelli di stoffa.

«Dodici!» annuncia, dall'alto di una duna di monete.

Ma non ha il tempo di chiedere il conteggio ai compagni: un gruppo di mummie lo sta accerchiando. **Mummie a destra, mummie a sinistra. Mummie che spuntano da sotto la duna. Mummie che si calano dal soffitto.**

Nessuno scampo.

O forse sì?

Avvista un ampio bacile tempestato di gemme, ci salta a bordo come fosse uno slittino.

«Yu-huu!» esclama, mentre discende a tutta velocità la cresta della duna.

È per questo che ama il mondo di Minecraft. **Sono i momenti in cui si rischiano tutti i pixel, quelli per cui vale la pena di vivere.**

Il vento gli sferza le guance, le mummie lo seguono, ma lui è più veloce. Talmente veloce che, tendendo l'ascia all'esterno, riesce a fare fuori qualche mummia di passaggio, schizzandosi tutto di nero.

«Ventidue!» è il suo conteggio arrivato ai piedi della duna.

Kendum lo raggiunge. Il fiato corto, la lama intrisa del marciume delle vittime. «Ventuno! Tu, Kendaargh?»

Il cavernicolo non è in vista, si vedono solo volare mummie oltre una duna.

«Trettibang!» esclama da lontano il bestione.

«Trenta?» ripete Kendal impressionato.

«E dato che io sono il vostro signore e padrone, ne ho fatte fuori settantatré. La somma delle vostre vittime.»

«Comincio a capire il tuo consigliere» commenta Kendum. «Perché non equipaggi un'arma e non ti butti anche tu nella mischia?»

«Perché io sono il faraone, le mie vite sono molto più importanti delle vostre.»

«TutanKendal, correggi il conteggio: sei arrivato a settancinque mummie!» interviene il Prof brandendo con fierezza la torcia. «Ne ho arrostite due anch'io!»

La sua tuta argentea ormai è tutta chiazzata di nero e alcune ciocche della candida chioma sono bruciacchiate.

«Grande, Prof!» si complimenta Kendal. «Quanto tempo ci resta?»

Il vecchio estrae il cubo, che proietta la scritta...

BATTERIE IN ESAURIMENTO
– RICARICA –
PROSSIMO VIAGGIO TRA 00:10:00

«Meglio che metti in salvo l'astronave» gli dice Kendal indicandogli la duna che ha appena liberato dalle mummie.

Ma non fa in tempo ad aggiungere altro, che una testa rotola ai suoi piedi.

«Ventidue pari!» annuncia Kendum. «Anzi, dato che ti ho appena salvato la vita, questa vale doppio. Ventitré!»

«Io prima ti ho risparmiato dagli spuntoni del pavimento» ribatte Kendal tranciando la testa a una mummia. «Ventitré pari.»

«E io, allora, con le frecce avvelenate?»

«L'avventura è ancora lunga, amico» ribatte Kendal. Adesso i due stanno lottando schiena contro schiena. «**Mi sa che perderemo il conto delle volte che ci salveremo la vita a vicenda**.»

«Lo spero!» risponde il gladiatore.

I loro sorrisi si sporcano ancor più di nero a ogni colpo inferto.

«Aiuto!» strilla il faraone. «Schiavi, questi mostri mi stanno prendendo d'assedio! Salvatemi!»

«Ti prego, vai tu che quel Kendal non lo sopporto...»

«Ah, dato che non lo sopporti è un Kendal, e non un Kendum» scherza Kendal.

Tranciando qualche testa di passaggio, il ragazzo accorre in soccorso di TutanKendal, che ha stranamente smesso di strillare. Il motivo è presto svelato: le tre mummie che l'hanno preso d'assedio lo stanno fasciando stretto stretto con le loro bende lerce.

«Lasciatelo stare!» intima lui. «Prendetevela con un nemico alla vostra altezza.»

Ma da dietro una fila di colonne dorate spuntano altre mummie. E altre ancora.

«Non è possibile, non finiscono mai!» esclama Kendal. «Sembra che escano dalle pareti!»

Ne arrivano altre alle sue spalle che, approfittando dell'effetto sorpresa, gli sfilano di mano l'ascia.

«È una trappola! Ragazzi, fate attenzione!» urla Kendal allertando i compagni.

Troppo tardi, realizza.

L'esercito di mostri marcia tutto attorno a lui, portando con sé, come trofei, altri due bozzoli: sono Kendum e Kendaargh, avvolti nelle bende maleodoranti.

Accerchiato dalle mummie e attanagliato dal terrore, Kendal è impotente. Stringe i pugni. È solo questione di tempo, poi i nemici stritoleranno anche lui nella loro morsa.

«Arrenditi» dice una voce.

È antica, millenaria. Una voce che sa di polvere e di tempi passati. La voce delle mummie.

«Mai!» risponde Kendal.

Anche se la situazione non depone in suo favore, il ragazzo **non ha intenzione di rinunciare, non è nel suo stile.**

Ci sarà pure nel suo inventario qualcosa che può usare...

La spada no. Serve per colpire in modo ravvicinato, ed è meglio non accorciare le distanze tra lui e quei mostri.

L'arco, nemmeno. È efficace se usato ad ampio raggio. E lui non ha certo il tempo per allontanarsi e mirare a distanza.

«Kendal!» lo richiama il Professore dalla cima della duna. «Dieci secondi alla partenza!»

«No, Prof» risponde Kendal. «**Dieci secondi alla nostra morte**.»

09

I suoi compagni mugugnano, stritolati da giri e giri di bende.

Fra poco toccherà anche a Kendal.

Le mummie lo accerchiano, avanzano verso di lui minacciose.

«Cinque secondi alla partenza!» incalza la voce del Prof, lassù da qualche parte in cima ai tesori.

«Kendal, inventati qualcosa!»

Forse un'arma adatta ce l'ha. È il tempo che gli manca.

Allora non perde un istante. Alza il pugno...

EQUIPAGGIATO 1 ITEM
SCAGLIA DI PIXELSAURUS

...e tra le sue dita compare una luccicante scaglia color carbone. Grande e piatta come un disco. E dal bordo tagliente.

Ha una sola possibilità. Un unico colpo per stendere tutte quelle mummie e farle tornare al buio a cui appartengono.

Che azzardo.

Kendal prende un profondo respiro, studia la traiettoria e lancia la scaglia in modo angolato, come se fosse un frisbee.

«Vai, vai, vai...»

E lei va. Taglia la prima testa.

«E una!»

Poi trancia la seconda, la terza e...

«Grandissimo!» esclama il Prof quando anche l'ultima testa rotola a terra.

La scaglia torna in mano a Kendal, obbediente come un boomerang...

CONSERVATO 1 ITEM
SCAGLIA DI PIXELSAURUS

...poi il ragazzo si precipita a liberare i suoi amici.

«Non male» commenta Kendum. «Certo, io ci sarei riuscito molto prima...»

«Prego» ribatte Kendal zittendolo con un sorriso.

«A DOPO I CONVENEVOLI» gracchia la voce di Bill-e da sopra di loro.

L'astronave è tornata alle sue normali dimensioni e il Prof si sporge dal portellone per aiutarli a salire. Non serve: Kendaargh prende Kendum e Kendal e li lancia direttamente dentro l'abitacolo. Ma quando sta per afferrare anche il faraone, lui alza le mani.

«Grazie, schiavi, di avermi liberato. Adesso però, se non vi dispiace, avrei un popolo da comandare... cioè, da amministrare con magnanimità.»

«Tutan, il tuo popolo ti detesta» ribatte Kendum.

«E poi una promessa è una promessa» aggiunge Kendal. «Kendaargh, lancialo su.»

Il cavernicolo esegue, poi balza anche lui a bordo.

Un rombo, un lampo e l'astronave ingrana il turbo.

«Bill-e, attenzione alla parete! Stiamo per sfracellarci!» sbraita il Prof.

Ma un attimo prima dell'impatto contro il muro, l'astronave scivola nel mare di pixel spaziotemporali, che li risputa fuori dopo pochi istanti.

«Dove siamo finiti?» domanda Kendal che, come tutti gli altri passeggeri, si sente un po' centrifugato.

«Di certo quello non è il Sacro Nilo» commenta TutanKendal indicando il mare azzurro oltre i finestrini. «Non vedo coccodrilli.»

Appena Kendal mette piede all'esterno, la lama di una scimitarra gli taglia la punta del ciuffo. Il clangore del metallo gli punge le orecchie. E un odore acre gli intossica le narici.

Polvere da sparo...

«Siamo nel pieno di una battaglia navale» dice Kendum, constatando che la loro minuscola navicella è planata sul ponte di una imbarcazione. «Che strane toghe indossano questi barbari...»

Ma non fa in tempo ad aggiungere altro che...

BOOM!

...un forte rimbombo fa tremare le assi di legno sotto i loro piedi.

«Un colpo di cannone» esclama Kendal. «Questi non sono semplici marinai. **Bill-e ci ha catapultati nel bel mezzo dell'arrembaggio di una nave pirata!**»

Indica la bandiera che sventola in cima al pennone: fondo nero, teschio bianco con una barba di candidi pixel.

«È il vessillo di **Barbaquadra**.»

«Credevo che il temibile pirata ladro di tesori fosse solo una leggenda...» mormora il Prof, così entusiasta da dimenticare per un attimo la paura. «E invece esiste davvero! Ma chi è che lo sta abbordando?»

Accanto galleggia un'altra imbarcazione, sul vessillo ondeggia una tigre bianca e blu. Gli stessi colori si vedono sulle bende degli uomini che si scontrano coi pirati di Barbaquadra.

«È sicuramente una ciurma rivale» osserva Kendal.

Feroci pirati senza scrupoli che combattono tra loro.

Kendal è spaventato? Oppure eccitato?

Non ha il tempo di chiederselo. Sulla nave la battaglia imperversa, e la foga è tale che i pirati nemmeno si sono accorti di avere degli intrusi a bordo.

«Io direi di starcene tranquilli in un angolo finché non si calma la situazione» sussurra il Prof indietreggiando verso l'astronave. «Torniamo dentro.»

«RISPOSTA SBA... GLIA... TA...» lo interrompe Bill-e un istante prima che la navicella rimpicciolisca nel cubo luminoso e plani dritta tra le mani del Professore.

BATTERIE IN ESAURIMENTO
– RICARICA –
PROSSIMO VIAGGIO TRA 00:60:00

«Ok, abbiamo un po' di tempo per la nostra ricerca» interviene Kendal abbassandosi per evitare un arpione nemico. «Mimetizziamoci per non dare nell'occhio.»

«Clandestini a bordo!» urla un pirata dal ponte sottostante, con la sciabola puntata verso di loro.

«Come non detto» sospira Kendal scuotendo la testa.

Kendaargh equipaggia la clava e comincia a sbatterla contro le assi di legno.

Ma TutanKendal lo blocca con un cenno. «Miei fidati schiavi» esordisce, mentre i compagni alzano gli occhi al cielo, «io suggerisco un approccio diplomatico. Posso parlare con il loro faraone. Mettere fine a queste brutalità.»

«Groooog!» rimbomba l'urlo di Kendaargh, prima di lanciarsi nella mischia.

«Ecco, adesso ci siamo definitivamente fatti notare» commenta Kendal.

Con una mano Kendum alza lo scudo, con l'altra fa volteggiare nell'aria la corda. «Facciamo a gara a chi ne stende di più?»

La tentazione per Kendal è forte. Ma hanno una missione da compiere e il tempo stringe: in un qualche futuro l'Ombra distruggerà ogni cosa. E loro devono batterla sul tempo.

«Niente sfide questa volta. Cerchiamo il quinto eroe. E se riusciamo a non farci uccidere nel frattempo, ancora meglio.»

Delle urla disumane attirano il suo sguardo verso Kendaargh, stretto d'assedio da una manciata di pirati aggrappati alle sue spalle. Non riescono a ferirlo coi loro pugnali, ma il cavernicolo non è in grado di scrollarseli di dosso.

Allora Kendal infila le mani dietro la schiena e...

EQUIPAGGIATI 2 ITEM
2 SCIABOLE

NIENTE SFIDE QUESTA VOLTA. CERCHIAMO IL QUINTO EROE

...sfodera due sciabole dal manico lavorato.

«Pronti?» domanda ai compagni.

Perfino TutanKendal brandisce uno scettro con testa da coccodrillo.

«All'arrembaggio!» urla Kendal con tutto il fiato che ha.

E, come un unico corpo, gli eroi si lanciano addosso ai pirati che assediano il compagno.

Kendum ne prende uno al lazo, un altro lo fa cozzare contro il suo scudo suonandogli la testa come una campana. Il faraone fa scattare il coccodrillo del suo scettro e rivela una lancia acuminata, con cui punzecchia il sedere di un nemico mettendolo in fuga. Il Prof combatte con la torcia che ha conservato dall'avventura egiziana e appicca il fuoco a un paio di barbe di passaggio, costringendo i proprietari a tuffarsi in mare.

Kendal, invece, ingaggia duelli di sciabola con due pirati contemporaneamente. Affonda con la destra, para con la sinistra. Un paio di colpi e vince su entrambi: li priva delle loro armi, che infodera nei suoi stivali.

CONSERVATI 2 ITEM
2 PUGNALI

«Non siete male, schiavi, quasi quasi vi assumo come guardie del corpo» sentenzia TutanKendal tergendosi il sudore dalla fronte, mentre prende fiato insieme al gruppo.

Nessuno degli altri ribatte: la vista dei nemici ancora da sconfiggere fa passare la voglia di parlare.

Pirati di entrambe le ciurme, sia casacche nere che bende tigrate, sono schierati in un fronte unico e compatto. **Li accerchiano sul ponte principale puntando loro addosso le scimitarre, le gambe di legno e i brutti pixel seccati dal sole.**

«Katanga!» sbotta Kendaargh.

«Sì, ragazzone, siamo messi male» gli risponde il Prof. «Tanto per cambiare.»

«Finiamo i clandestini!» urla un pirata con la benda sulla fronte.

«Ben detto, diamoli in pasto agli squali!» aggiunge un altro con la casacca nera.

«Be', guardiamo il lato positivo. Almeno abbiamo portato la pace tra le due ciurme» scherza Kendal.

«Forza, uomini di Barbaquadra» incalza una casacca nera. «In alto le lame!»

Scimitarre alzate, sputi a terra.

«Ho-ho-ho, compagni!» esclama una benda tigrata. «**Nel nome dell'invincibile re dei pirati Kendogan!**»

Kendal e i suoi si guardano a occhi sgranati.

«Avete sentito anche voi?»

«Certo» interviene il faraone, sdegnato. «Come osa questo vile pirata usare un nome simile al mio?»

Kendal lo ignora. «Dobbiamo trovare Kendogan. È il nostro uomo.»

Lo schieramento dei nemici riprende ad attaccare, ma Kendaargh e Kendum li tengono a freno con scudo, corda e clava.

«I capitani dei pirati non combattono mai durante gli arrembaggi» spiega il Prof. «Di sicuro Kendogan si nasconde qui vicino.»

«Allora dobbiamo catturare uno dei suoi uomini» dice il faraone adombrandosi. «Tutti tradiscono sempre il loro re, prima o poi...»

E detto questo raggiunge i compagni per tenere a bada, con la propria lancia, il fronte dei pirati che incalza.

«Dobbiamo fare in fretta, o finiremo davvero in pasto agli squali» sospira il Prof col sudore che gli imperla i baffi.

Kendal s'illumina. «Ma certo! Gli squali! Prof, non avevi fatto tuffare alcuni pirati?»

«Ho solo bruciacchiato un po' le loro barbe...»

Ma poi sorride e capisce dove vuole andare a parare Kendal. Prof e ragazzo si sporgono dal parapetto, ed ecco lì, in mare, uno degli uomini. Ha la benda sulla fronte e si agita tra una bracciata e l'altra, mentre una pinna di squalo gli gira pericolosamente attorno.

«Kendum! Prestami la corda!» grida Kendal.

Il Prof alza la voce per farsi sentire dal pirata a mollo. «Se mi porti da Kendogan, ti salvo!»

«Allora sono spacciato» frigna il pirata. «Il mio capitano è già lontano. Sta andando a nascondere il suo tesoro da Barbaquadra.»

E indica un punto a riva. Troppo piccolo da vedere a occhio nudo.

Kendal stringe una mano attorno all'occhio e...

EQUIPAGGIATO 1 ITEM
BINOCOLO

...punta il binocolo verso un'isoletta all'orizzonte.

Una scialuppa sta approdando sulla spiaggia. A bordo c'è un pirata, ma non si scorge molto di lui. Solo una chioma di treccine, coronate da una benda stretta attorno alla fronte. Ma non si tratta di una benda qualsiasi: è in una fantasia tigrata blu e bianca.

Kendal si guarda la tuta e strizza gli occhi dall'irritazione. «**Quel farabutto mi ha copiato i colori**.»

10

«Remaaate!»

L'ordine è impartito da TutanKendal che, in piedi a poppa della piccola scialuppa sottratta alla nave, alza e abbassa lo scettro dando il ritmo di voga ai quattro compagni.

«Forza, veloci, o perderemo il quinto schiavo!» continua il faraone.

«Perché tu non remi?» gli domanda Kendum raddrizzandosi gli occhiali che gli scivolano lungo il naso per il sudore.

«Perché le mie mani sono troppo delicate per questi lavori manuali.»

«Se non la smetti di chiamarci "schiavi", ti riportiamo indietro e ti lasciamo coi pirati»» minaccia Kendal. «Scommetto che le tue manine sono perfette per lucidare la chiglia.»

La minaccia funziona, perché il faraone si mette a sedere. «Preferirei di no» risponde. «Quegli uomini puzzavano più delle mummie.»

«Un attimo di pausa, fatemi prendere fiato» implora il Prof mollando il remo e tergendosi piccole gocce cubiche dalla fronte.

Kendaargh, accanto a lui, afferra il suo remo e inizia a vogare per due senza il minimo sforzo.

«Grazie, ragazzone.»

Ma il cavernicolo rema con troppa foga, sbilanciando la scialuppa che finisce con la poppa all'insù e... *SPLASH!*

«Faraone in mare!» urla Kendum. «Salvatemi, vi prego, amici!» grida TutanKendal, ondeggiando tra i flutti.

«Ah, adesso non siamo più schiavi?» sghignazza Kendal.

«Prova a comandare gli squali. Magari, eviteranno di mangiarti» suggerisce Kendum scatenando le risate generali.

Kendal allunga il remo in mare e issa a bordo il faraone. Anche se appesantito dai vestiti zuppi, TutanKendal sfila il remo del Prof a Kendaargh e, a testa bassa, si unisce al gruppo.

Tra sbuffi, sudore e risate, tutti remano fino all'isola.

«Calli» si lamenta il faraone guardandosi le mani arrossate, «una nuova amicizia di cui speravo poter fare a meno.»

«Terra!» esclama vittorioso Kendal. «Ormeggiamo la scialuppa e scendiamo in esplorazione.»

«Questa dev'essere l'imbarcazione di Kendogan» nota il Prof. «Basterà seguire i suoi movimenti sulla sabbia per trovarlo.»

E così fanno. Almeno per qualche passo.

«Ma qui cos'è successo? Le tracce si confondono» indica Kendal.

Le orme infatti sono sovrapposte, strascinate, concitate.

Kendum si abbassa, le studia da vicino. «**C'è stata una colluttazione. Una lotta a colpi di sciabola**.»

«Magari tra lui e Barbaquadra» ipotizza Kendal.

«Guardate. Le orme vanno avanti e indietro» spiega il gladiatore mentre mima i movimenti di lotta come fossero una danza.

«Poi un'orma si perde, perché...» indica un masso poco lontano. «Perché uno dei due combattenti è saltato qui sopra.»

Kendal va oltre il masso, guarda tra la vegetazione. «Qui sotto c'è un'orma strana, più grande. Come se qualcosa avesse schiacciato le piante. Forse è la sagoma di un corpo steso in cima al masso da un combattente.»

«La domanda è: chi dei due è stato sconfitto?» interviene TutanKendal. «Kendogan o il suo avversario?»

«Non ho una risposta» ammette Kendum fermandosi sul ciglio della foresta di palme. «Le tracce finiscono qui.»

Il Prof si guarda attorno. «Ci deve pur essere un indizio da qualche parte, Kendogan non può essere scomparso nel nulla. Magari...»

Ma qualcosa sotto la sabbia lo fa inciampare e lo manda gambe all'aria. Kendaargh si precipita ad aiutarlo.

«Traken!» impreca il cavernicolo.

«Hai ragione» concorda il Prof indignato, «bisogna essere degli incivili per abbandonare dei rifiuti su un bioma del genere...»

Un lampo accende lo sguardo di Kendal. «Non è un rifiuto!» E sfila da sotto il velo di sabbia l'oggetto incriminato.

«Una pergamena?» domanda Kendum nello stesso momento in cui TutanKendal chiede: «Un papiro?».

Kendal la apre con mani tremanti, è da una vita che sogna di trovarne una. «È una mappa del tesoro. Il tesoro di Kendogan.»

E segue col dito il percorso tratteggiato sulla cartina, che termina con una X azzurra e bianca.

«Probabile che i due pirati abbiano duellato per questo» suggerisce Kendum.

«Ma allora perché la mappa era qui, sotto la sabbia?» domanda Kendal.

«Forse Kendogan ha fatto appena in tempo a nasconderla per i suoi compagni» azzarda il Prof. «Per farsi ritrovare e liberare.»

Kendal restituisce al gruppo uno sguardo scettico. «In ogni caso il tempo stringe. **Kendogan ha bisogno di noi, e noi di lui**.»

Quindi, mappa alla mano, si mette in marcia.

Ma le nobili mani del faraone gli sfilano la cartina.

«Senza offesa, però l'esperto in tesori sono io. Ricordi le mie dune d'oro?»

«Se proprio insisti...» acconsente a denti stretti Kendal. «Fai pure strada, basta che facciamo in fretta.»

«D'accordo. Servono solo dei pali, un cuscino di seta e una tenda. Andate a cercarli!» ordina il faraone.

Gli altri lo guardano perplessi, senza muoversi.

«Non pretenderete mica che io cammini?» si indigna TutanKendal. «Io sono un figlio del Nilo, sulla terraferma mi muovo solo sdraiato su una lettiga.»

Kendal non sa se ridere oppure se farlo lanciare da Kendaargh in cima a un albero. Nel dubbio, gli sfila di mano la mappa.

«**L'avventura ci attende**» dice al gruppo.

Che lo segue all'interno della foresta. TutanKendal incluso.

«Almeno andate piano...» sbuffa il faraone.

«La prima tappa è una cascata.» Kendal mostra il disegno. «Dobbiamo trovare un torrente o un fiumiciattolo, e seguirlo.»

«Non è facile. Quest'isola non sembra piccola» commenta Kendum

Ma un sorriso si disegna sul volto del Prof. «So come fare!»

Ed equipaggia dal suo inventario un bastoncino biforcuto.

«Se ti serviva della legna, bastava allungare la mano qui attorno» gli dice TutanKendal sprezzante.

«Quello non è un ramoscello qualunque» riconosce Kendum.

Il Professore impugna il ramo con entrambe le mani e punta la biforcazione verso la foresta. «**Si tratta di una bacchetta da rabdomante. Vibra quando sente l'acqua**.»

«Bront!» annuisce Kendaargh.

«Sì, proprio come il tuo stomaco quando hai fame» conferma Kendal. «E adesso zitti, lasciamo lavorare il Prof.»

L'anziano chiude gli occhi, corruga la fronte. Come posseduta da una forza superiore, la bacchetta comincia a vibrare puntando verso l'interno dell'isola. Il Prof avanza guidato dalla bacchetta, che di tanto in tanto gli fa aggiustare la direzione. Kendal e il resto del gruppo lo seguono in silenzio e con curiosità.

Finché un rimbombo risuona nell'aria. Pixel carichi di umidità s'infilano nelle loro narici.

«Credo di aver trovato qualcosa» sussurra il Professore.

È ben più di qualcosa.

È una cascata furiosa che si tuffa in una pozza cristallina.

«Incredibile, Prof!» si complimenta Kendal. E orienta la cartina. «Ok, continuiamo. Lasciandoci la cascata alle spalle, dobbiamo proseguire verso nord.»

«Un attimo, ho bisogno di un po' di refrigerio» protesta TutanKendal che si accosta all'acqua per una sorsata. «Non ci arrivo...»

Kendaargh lo aiuta con troppo entusiasmo, spingendolo nella pozza.

«Slap?» gli chiede con sorriso genuino.

«Grazie» risponde il faraone riemergendo tutto zuppo. «Ma bastava meno.»

Sghignazzi divertiti si levano dal gruppo mentre TutanKendal cerca di strizzarsi come può le nobili vesti. «Come mai con voi finisco sempre in acqua?»

«L'hai detto tu: sei un figlio del Nilo» scherza Kendal incamminandosi tra le palme.

Il secondo indizio è...

«**...una roccia a forma di teschio**» dice Kendal mostrandola sulla mappa.

«Se è quella» dice TutanKendal indicando un grosso masso davanti a loro, «più che a un teschio, assomiglia a Kendum.»

«È vero! Ha anche il mascellone!» concorda Kendal.

Il muso di Kendum si fa ancora più lungo per il disappunto. «Almeno il mio volto sarà ricordato dai posteri. Voi potete dire altrimenti?»

«Scratch!» ribatte il cavernicolo tracciando segni nell'aria con la clava.

«Giusto, Kendaargh ha le pitture rupestri» traduce Kendal, «e io tutte le sfide che ho vinto tra questi biomi.»

«Vi batto. Io ho una piramide tutta mia e un intero popolo che mi odia. Figuriamoci se si scordano di me» replica TutanKendal.

«Dimenticate la cosa più importante» s'intromette il Prof. «**C'è qualcosa per cui verrete ricordati tutti insieme**.»

«Cosa?» domanda Kendum

«L'avventura che stiamo vivendo!» risponde il Professore.

E su questo, finalmente, nessuno trova niente da ridire.

La compagnia prosegue verso il terzo indizio, che non è per niente chiaro.

«Bruugh?» ipotizza Kendaargh puntando il ditone sulla mappa.

«No, non è un dinosauro» gli risponde il Prof.

«Sembra un alveare» interviene Kendum.

«Assolutamente no» obietta TutanKendal, «si vede benissimo che sono delle piante di papiro, come quelle che crescono sulle sponde del...»

«...del Nilo, certo» continua Kendal. «Ma ti sbagli, è una ragnatela gigante.»

Le voci si accavallano, i toni si fanno accesi.

«Ragazzi, secondo me è una rete» prova a dire il Prof con tono d'allerta. «Temo che questa mappa sia solo una...»

Ma i quattro eroi lo ignorano, troppo presi dallo strapparsi di mano la cartina. Non si rendono conto della corda tesa sotto l'erba che qualcuno di loro sfiora con la punta dei piedi. E...

CLACK!

Una rete piomba loro addosso dal ramo di una palma. E adesso Kendal, Kendum, Kendaargh e TutanKendal oscillano a un paio di metri da terra, con gambe e braccia intrecciate.

Non riescono a muoversi, hanno giusto lo spazio per puntarsi addosso il dito a vicenda.

Quattro Kendal contro quattro Kendal: risuona il ringhio animalesco del cavernicolo, e tre voci all'unisono che sbraitano...

«È tutta colpa tua!»

11

"Ma il Prof dov'è finito?» domanda TutanKendal. «Se l'è data a gambe?»

«È il più sveglio di tutti» lo difende Kendal. «Ha cercato di avvisarci che era una trappola, ma noi **eravamo troppo impegnati a litigare**.»

E cerca di liberare le mani per equipaggiare i due pugnali nascosti negli stivali, quelli strappati ai pirati sulla nave. Ma...

EQUIPAGGIAMENTO FALLITO

...la mossa non gli riesce, è troppo incastrato.

Insofferente, sbuffa e si dimena. Ma i suoi compagni di sventura sono altrettanto nervosi, e la rete oscilla pericolosamente.

«Non dobbiamo accusarci tra di noi» sospira Kendum. «Non ha senso.»

«Concordo» interviene Kendal.

«Sì, non ha senso perché sei stato tu a portarci dritto in questa trappola!» continua il gladiatore.

«Arghifin!» aggiunge Kendaargh con un ringhio.

«L'unica colpa che avete, sciocchi marinai, è stata quella di avermi creduto.»

A parlare è una voce ghignante. Proviene da dietro un cespuglio ed è accompagnata dal passo pesante di un paio di stivali e dal tintinnio di monili.

«**Non si prende mai per buona la parola di un pirata**» aggiunge lo sconosciuto.

«Ma certo, la mappa era falsa!» realizza Kendal. «Ce l'hai fatta trovare apposta.»

«Finalmente ci siete arrivati» dice lo sconosciuto sbucando fuori dal suo nascondiglio. «Mi ero accorto che mi stavate seguendo, dovevo tenervi impegnati mentre seppellivo il mio tesoro.»

Treccine, fascia bianca e azzurra sulla fronte, lineamenti bruciati dal sole.

È lo stesso pirata avvistato in lontananza a bordo della scialuppa. **Capitan Kendogan.**

Uno di noi, pensa Kendal.

Stesso sorriso beffardo. Stessa spavalderia. Stesso luccichio nello sguardo al di sotto degli occhiali.

Fratelli separati dal tempo e dallo spazio.

Sarà impossibile far andare d'accordo quattro tipi del genere. Cinque, Kendal incluso.

«Anche il duello era una messinscena?» chiede Kendum, risentito.

«Chiaro» risponde il pirata. «Credevate davvero che l'Invincibile Kendogan potesse essere sconfitto da qualcuno?»

Il pirata si avvicina alla trappola e scruta tra le maglie della rete i volti dei prigionieri.

«Avete una faccia familiare, ma non siete uomini di Barbaquadra. Dove ci siamo già visti?» domanda. «Appartenete forse alla ciurma di Spigolo Assassino, il pirata dei Mari Quadri?»

«No, facciamo parte di una ciurma tutta nostra» risponde Kendal. «Anzi, volevamo chiederti di unirti a noi.»

La barba e i baffi di Kendogan trasudano scetticismo.

«Come vostro capitano e re?»

«Mi dispiace, il posto al comando è già preso. Qui c'è già un re, anzi: un faraone. E sarei io» alza la mano TutanKendal, sgomitando nel groviglio dei compagni.

Ma Kendaargh gliela abbassa con la forza.

«No che non lo sei» ribatte Kendum.

Kendogan incrocia le braccia, spostando lo sguardo dall'uno all'altro.

«E la vostra nave dove è ormeggiata?»

«Ce l'ha in tasca un nostro compagno» risponde Kendum senza battere ciglio.

Kendal scuote la testa. «Non dirglielo così...»

Ma ormai è tardi. Il pirata sta ridendo facendo tintinnare le perle intrecciate tra i capelli.

«**Corpo di mille spigoli!**» esclama. «È la storiella più divertente che ho sentito da un sacco di tempo.»

«E non sai ancora tutto» aggiunge TutanKendal. «Siamo stati arruolati per salvare il mondo da una terribile minaccia. Un nemico oscuro che...»

Kendal gli sferra una gomitata nel fianco. «Zitto, che peggiori la situazione.»

Infatti Kendogan, che ha perso la pazienza, ha sfoderato una gigantesca sciabola dalla lama lucente.

«Di certo avete bevuto troppo grog» dice. «Ma io non ho tempo di farmi prendere in giro da dei filibustieri di bassa lega come voi. Devo tornare dal mio equipaggio. Quindi, se non vi dispiace, gentili signori» Kendogan finge un inchino, «adesso vi farei fuori.»

«Fuori dove?» chiede il faraone.

«**Fuori nel senso che ci taglia a fettine**» spiega Kendal.

«Grazie, non avrei saputo spiegarlo meglio» commenta Kendogan. «Posso procedere?»

«Grovishh!» si dimena Kendaargh.

«E va bene, ti lascio per ultimo» concorda il pirata. «Nessun altro ha qualcosa da obiettare?»

«Io!» esclama una voce.

Tremante. Però decisa. Squillante. Ma non certo fresca come una voce giovane può essere.

Il pirata non fa nemmeno in tempo a voltarsi per capire chi ha parlato che... *SBATABEM!*

Un colpo ben piazzato sulle gambe lo fa cadere a terra in un tintinnio di monili.

«Grande, Prof!» esclama Kendal, vittorioso.

«Ma che cosa...?» si domanda il pirata spiazzato.

Non riesce a rialzarsi, il dolore agli stinchi è troppo forte. Cerca la sciabola.

Non la trova.

È tra le mani del Prof: con un taglio netto fa cadere a terra la rete, che si apre catapultando fuori un groviglio di Kendal.

«Chi sei?» chiede il pirata al Prof.

«Nessuno di speciale» alza le spalle l'anziano. Poi, a Kendum: «Forza, leghiamolo finché è a terra».

E il gladiatore esegue.

«Mi dispiace, Capitan Kendogan» gli dice Kendal. «Dobbiamo portarti con noi, che tu voglia o no.»

Il pirata sgrana gli occhi, incredulo. «Ancora con questa storia di salvare il mondo?»

«Certo. Continueremo finché non avremo sconfitto l'Ombra.»

«E in che mare vivrebbe questo fantomatico nemico?»

«Oltre il mare del tempo» spiega il Prof. «Nel futuro.»

Kendogan scuote le treccine, incredulo. «Quindi non siete qui per rubare il mio tesoro?»

TutanKendal apre bocca. «Be', certo, un po' d'oro potrebbe sempre far comodo...»

Ma Kendum lo zittisce pestandogli un piede.

«Un'altra parola e ti rimando dalle mummie» intima il ragazzo.

«Non ci interessa l'oro» si corregge il faraone trattenendo le lacrime di dolore. «Nemmeno mi dona. Preferisco le pietre preziose.»

«Ok. Allora ci sto» sorride il pirata con un ghigno. «Slegatemi e salirò sulla vostra nave. Sempre che esista davvero...»

«Eh no! Lo hai detto tu di non fidarsi dei pirati.» Kendal lo aiuta ad alzarsi in piedi. «Ti libereremo una volta saliti a bordo.»

«Ecco, a proposito» dice il Prof estraendo dalla tasca il cubo dorato.

BATTERIE IN ESAURIMENTO
– RICARICA –
PROSSIMO VIAGGIO TRA 00:00:04

«Appena in tempo!» sospira Kendal.

Nella proiezione parte il conto alla rovescia che Kendogan scruta col naso all'insù e gli occhi pieni di stupore.

... 3... 2... 1

Il cubo esplode nell'astronave, coi motori già su di giri e pronti a partire.

«Corpo di mille spigoli!» esclama il pirata.

E segue a bordo la compagnia.

«CE L'AVETE FATTA» dice Bill-e incredulo. «E SIETE ANCORA TUTTI INTERI. CREDEVO CHE ALMENO KENDAL CI AVREBBE RIMESSO UN ARTO DALL'INCONTRO COL TEMIBILE KENDOGAN.»

«Anche tu mi sei mancato, Bill-e» lo saluta Kendal slegando il pirata per farlo accomodare su un sedile appena materializzatosi.

Il Prof si siede al posto di comando, la mano sulla leva dal pomello rosso.

«Allacciate le cinture, ragazzi!»

«Scusa, potresti stringere le gambe?» chiede TutanKendal a Kendaargh, che sconfina per metà nel suo spazio.

«Mansgrunt!» ribatte il cavernicolo prendendosi ancora più spazio.

E riparte il battibecco.

Kendal sospira, sconsolato. «**Questa navicella era già troppo stretta tre Kendal fa**.»

Il Prof gli sorride e abbassa la leva, sparando l'astronave nel mare di pixel luccicanti.

E allora il ragazzo allunga lo sguardo oltre il finestrino.

Si vede niente e tutto.

Strisce di colore brillante disegnano tutte le tappe del loro viaggio in tocchi veloci e sfumati.

Sotto i suoi occhi scorre il bosco di palme abbattuto, la pietra scintillante al sole dell'antica Roma, la lussureggiante preistoria, le dune di sabbia e di oro dell'Egitto, le vele e i botti di cannone della nave pirata.

Scorrono questi e tanti altri panorami che Kendal non riconosce. Magari **sono luoghi che ha dimenticato, o posti che forse nemmeno vivrà, oppure avventure che lo attendono in un qualche futuro**. Chissà.

«Mai visto onde del genere!» esclama Kendogan meravigliato.

Tutti gli occhi dei suoi compagni sono puntati nella stessa direzione oltre i finestrini. Per una volta nessuno sta litigando, l'intero abitacolo si è zittito in un silenzio meravigliato.

Kendal si chiede se anche loro stiano vedendo un unico spettacolo o se per ognuno il mare del tempo riservi un panorama diverso.

Una cosa è certa. La meta che li attende è la stessa per tutti.

«**ULTIMA FERMATA**» annuncia Bill-e facendo danzare la linea verde sullo schermo, «**FINE DEL MONDO.**»

L'astronave accelera e i paesaggi si mescolano in un tutt'uno. Pixel e pixel a non finire, infinite combinazioni di biomi disseminati nel tempo e nello spazio si fondono fino ad arrivare a un unico confuso presente.

Un colore uniforme.

Nero.

E poi una foschia densa, anzi, del fumo. Colonne di pixel che si sgretolano, crollano a terra alzando un polverone. Grattacieli ardono di fiamme vivaci che si mangiano ogni cosa, uno spigolo alla volta.

Nessuna luce, se non quella dei fulmini che trafiggono il cielo di cenere.

«Dove si nasconde il nemico?» domanda Kendogan.

Sul volto di tutti i Kendal si disegna lo stesso sguardo.

Non è paura. Non è terrore.

Kendal lo sa, perché loro sono lui e lui è loro.

È impazienza.

«Ecco l'Ombra» sussurra il Prof con voce tremante.

Ed è allora che Kendal la vede, che tutti la vedono.

Una sagoma più nera del buio si staglia oltre i palazzi, oltre l'orizzonte. Sfiora il cielo livido coi suoi tentacoli che si estendono in ogni direzione. Stritolano, frustano, tagliano, rovesciano, disintegrano.

E loro sono i prossimi.

«**L'Ombra non si nasconde**» commenta Kendal. «**Lei è ovunque**.»

12

«È IL VOSTRO MOMENTO.»

La voce di Bill-e riscuote Kendal riportandolo alla realtà. Quello che sta guardando dal finestrino non è un film. Non è un videogioco. È reale.

Come la pelle d'oca che gli increspa la nuca non appena il portellone dell'astronave si apre. Come l'odore acre che lo investe quando muove un passo all'esterno.

«Quante volte ho pensato al futuro» dice. «Eppure non lo avevo mai immaginato così.»

È una metropoli, ma sembra un villaggio fantasma. La terra è coperta da un manto grigio. Ogni colore, ogni odore, ogni profumo è diventato cenere. Al suolo giacciono gli scheletri di quelli che dovevano essere grandiosi edifici dal taglio avveniristico. L'asfalto è divelto in numerosi punti, e vi sono riversati dentro i gusci vuoti di veicoli dalle forme bizzarre che Kendal avrebbe tanto desiderato vedere in funzione.

«Temo dobbiate prepararvi alla battaglia» suggerisce il Prof scrutando l'orizzonte, «tra poco l'Ombra si accorgerà del nostro arrivo.»

Gli eroi non indugiano e procedono con l'equipaggiamento. Kendum si aggiusta l'elmo in testa e fa volteggiare in aria la corda. Kendogan serra la stretta sull'elsa della scimitarra, Kendum sbatte a terra la clava, TutanKendal sfila la testa da coccodrillo dalla lancia. E Kendal...

EQUIPAGGIATO 1 ITEM
ASCIA

...scruta il proprio riflesso sulla lama dell'ascia. Poi alza il volto e punta gli occhiali verso le altre quattro paia di occhiali identici ai suoi.

«Non credo che le nostre armi basteranno» commenta spingendo lo sguardo verso i palazzi che crollano alle loro spalle. «**Ho la sensazione che contro l'Ombra ci voglia qualcosa di più**.»

«PER UNA VOLTA SONO D'ACCORDO CON TE» interviene la voce di Bill-e dall'interno dell'astronave.

«Ci aiuterai?» domanda Kendum rivolgendo un sorriso all'astronave e a tutte le sue luci.

«NON CI PENSO NEMMENO» ribatte l'intelligenza artificiale. «PERÒ HO QUALCOSA PER VOI.»

«Nascondi qualche arma segreta sotto la chiglia?» chiede Kendogan. «Un po' di polvere da sparo non guasterebbe.»

Ma da sotto la carrozzeria della navicella non fuoriesce nessun cannone. Solo delle braccia meccaniche che depositano ai piedi di ciascun eroe un cubo.

A prima vista non sembrano nulla di speciale, così pensa Kendal scrutando il suo: è solo **un megapixel che pulsa luce arcobaleno**. Non appena lo sfiora per raccoglierlo, però, questo comincia a comporsi e scomporsi, un pixel alla volta.

«Mai visto niente del genere...» mormora con meraviglia.

Frenetici, i pixel migrano avanti e indietro disegnando misteriose geometrie nella sua mano, come uno sciame di formiche indaffarate, fino ad assumere una nuova forma.

Un piccolo **drago rosso fuoco**, che a Kendal appare incredibilmente familiare.

Assomiglia a Rubino, pensa mentre accarezza l'animale meccanico, tutto ingranaggi e rotelle. *Lo chiamerò Roxy!*

«Uazaaa!» ruggisce eccitato Kendaargh.

Kendal alza lo sguardo, e scopre che anche i cubi dei compagni si sono tramutati in robottini dalle forme animali.

Una piccola criniera si agita sul palmo di Kendum: è un **leone** in tutto e per tutto simile alle fiere con cui si esibiva al Colosseo.

Attorno al muso di Kendaargh svolazza invece uno **pterodattilo** dispettoso. Il cavernicolo cerca di acciuffarlo, ma quello lo sberleffa con secchi schiocchi del becco.

Il figlio del Nilo TutanKendal si rigira tra le dita un minuscolo **coccodrillo dai denti aguzzi**. Così taglienti che, quando lo mordono, gli lasciano un'impronta sulla mano.

E, infine, un **polpo in miniatura** si tuffa nell'intricata barba di Kendogan, per riemergere con qualche perlina intrecciata tra i tentacoli.

«Grazie, Bill-e» dice il pirata strappando al mollusco le perline, «ma in che modo queste bestiacce ci aiuteranno contro un filibustiere come l'Ombra?»

«UN CONSIGLIO, CAPITANO. NON CHIAMARE "BESTIACCE" GLI

ANIMAL-BOT» risponde Bill-e. «MEGLIO NON FARLI ARRABBIARE.»

TutanKendal fa il solletico sotto il mento al suo cigolante coccodrillo. «E perché mai?»

A quelle parole Roxy starnutisce tra le mani di Kendal sparando in aria una fiammata vivace. Un fumo denso avvolge l'intero gruppo e il ragazzo sente scivolare di mano il suo piccolo nuovo amico.

«Ma dov'è finito?» si domanda.

GROOUL! Un ringhio mastodontico fa diradare il fumo. È il verso di un colosso che improvvisamente si staglia davanti a Kendal.

Scaglie scarlatte, coda che dondola e zanne di metallo scintillante: è il suo drago, Roxy, ingigantito di decine di blocchi.

Kendal alza lo sguardo. **Anche gli animal-bot dei suoi compagni sono diventati possenti creature.**

Kendum è stato sbalzato a terra dal suo leone: ha appena ruggito delle onde soniche che hanno fatto volare il gladiatore a metri e metri di distanza.

Lo pterodattilo del cavernicolo spara dagli occhi dei raggi laser che incendiano la punta dei piedi del suo padrone. Ma Kendaargh non se ne cura, anzi, pare orgoglioso.

Per un attimo il faraone ha perso il suo coccodrillo: si è tuffato nella terra come se fosse un fiume, scomparendo nel nulla. E, allo stesso modo, ne è risbucato qualche istante dopo alle sue spalle.

«Eccolo lì!» esclama Kendal, indicando il punto dove il coccodrillo è riemerso scrollandosi di dosso schizzi di terra.

«PERICOLO IN ARRIVO!» avverte Bill-e mentre una pioggia di detriti crolla su di loro.

Per fortuna c'è il polpo robot di Kendogan con le sue otto braccia lunghissime: mette subito al lavoro ogni tentacolo e protegge gli eroi dai calcinacci.

«Bel colpo, braccialunghe» si congratula il pirata. E lancia uno sguardo verso l'alto, rivolto a quel cielo che ormai piange blocchi e blocchi di cemento. «Ma cosa sta succedendo?»

«Temo che l'Ombra vi abbia visto» spiega il Prof. «Credo sia stato il suo modo di darvi il benvenuto.»

In effetti il cielo si sta oscurando, ma non c'è nessuna eclissi. A mangiarsi pezzi di luce è una silhouette che si staglia davanti al sole.

E si avvicina.

Sempre di più.

Le sue mani staccano le punte dei pochi grattacieli rimasti in piedi.

I suoi passi fanno vibrare ogni cosa.

Roxy fissa negli occhi Kendal, poi si accovaccia in un invito.

«Vuoi che salga?» gli domanda il ragazzo.

Un cenno d'assenso dell'animal-bot, e Kendal prende posto sul suo dorso tutto scaglie e ingranaggi.

Ed è in quel momento che lo percepisce. È un altro tonfo sordo, ma non ha nulla a che vedere con il nemico in avvicinamento.

È un colpo che parte dall'interno e gli fa vibrare tutto il corpo.

Sa che è così anche per i compagni.

«Lo sentite, vero?»

È il cuore di metallo che batte nel petto del drago di Kendal. È il pulsare che anima anche gli altri robot.

Sono *loro*. Sono *lui*.

«Siete pronti?»

La stessa vita scorre in tutti gli eroi. Un'identica forza, un'unica determinazione.

«Siamo nati pronti» risponde Kendum a nome del gruppo.

Allora basta un cenno di Kendal e...

EQUIPAGGIATI 5 ITEM ANIMAL-BOT

...anche gli altri eroi salgono a bordo dei robot.

Ringhio di drago. Ruggito di leone. Stridio di pterodattilo. Schiocco di denti di coccodrillo. Gorgogliare marino di un polpo.

Kendal li sente scalpitare sotto la pelle.

«Ragazzi» raccomanda il Prof facendo scorrere gli occhiali da un Kendal all'altro. «**Il futuro del mondo dipende da voi**.»

«AVENDO ASSISTITO ALLE VOSTRE ULTIME IMPRESE» interviene Bill-e dall'interno dell'astronave, «SONO SINCERAMENTE PREOCCUPATO.»

«E non hai ancora visto niente» commenta Kendal con un ghigno sprezzante. Quindi sorride deciso al Prof. «Resta qui, pronto a ripartire nel caso le cose si mettano male.»

«Non succederà» risponde l'anziano fiducioso.

Kendal annuisce con fierezza. Con una carezza sulle scaglie di Roxy, sprona il drago a volare incontro al nemico, poi grida con tutto il fiato che ha nei pixel...

«**All'attacco!**»

13

Una sagoma scura avanza tra gli scheletri dei grattacieli, incombendo su di loro. L'Ombra non ha occhi, ma Kendal può giurare che li sta guardando.

«Ci aspetta» constata Kendogan alzando la scimitarra.

Sono minuscoli di fronte a lei, eppure hanno i loro destrieri. E possono contare l'uno sull'altro.

«Qui ci vuole una strategia.» Kendal si aggiusta gli occhiali sul naso mentre il suo drago plana dai compagni. «Dobbiamo agire d'astuzia. Io propongo di...»

«Cowabunga!» strilla Kendaargh scattando in volo verso l'Ombra.

«Il solito entusiasta» sbuffa Kendal. «Ok, amici, almeno noi riflettiamo un attimo insieme prima di...»

Ma, voltandosi, si rende conto che sono tutti partiti all'assalto.

«Sono peggio di me» sospira Kendal, mentre si alza di nuovo in volo.

Lo pterodattilo sta sparando laser verso il nemico, ma i colpi non sembrano nemmeno fargli il solletico. All'ennesimo attacco, l'Ombra si fa scudo col palmo di una delle sue gigantesche mani, facendo rimbalzare il raggio contro lo pterodattilo, che precipita a terra fumando.

Kendal sta per intervenire in suo soccorso, ma lo precede il gladiatore. E allora il ragazzo lo lascia fare: è giusto concedere a ciascuno il suo momento.

Il leone di Kendum ruggisce onde soniche facendo tremolare l'Ombra, fino ad arrestarne l'avanzata. Il gladiatore ne approfitta, fa volteggiare la corda in cima alla testa e la lancia verso il nemico, agganciando un braccio al cappio.

«L'ho preso!» esulta Kendum.

Troppo presto.

L'Ombra allunga il braccio, che si stira e tende fino ad assottigliarsi: il cappio diventa un larghissimo bracciale da cui sguscia via con facilità. La corda scivola a terra e, non appena sfiora il suolo, si scurisce, centimetro dopo centimetro, riducendosi in scaglie argentate.

«La mia corda...» geme Kendum a occhi sgranati. «L'ha incenerita!»

«Ci penso io a dargli una lezione!» subentra TutanKendal, saldo sul dorso del coccodrillo.

Il rettile meccanico galoppa in mezzo alle gambe dell'Ombra.

Avanti e indietro, avanti e indietro.

Il nemico lo insegue, corre facendo tremare la terra, crea voragini a ogni passo. Ma, all'improvviso, **il coccodrillo si tuffa nell'asfalto con un salto**. Cavaliere in groppa incluso.

E l'Ombra non può seguirlo.

Resta per un istante ferma proprio dove è scomparso il faraone...

...che rispunta in groppa al suo destriero alle spalle del nemico. TutanKendal sguaina la lancia, pronto a colpire silenziosamente, ma l'Ombra si volta di scatto.

Un suo soffio, basta quello. E l'arma del figlio del Nilo è disintegrata.

Faraone e coccodrillo restano per un istante davanti al nemico, disarmati, poi battono in ritirata inabissandosi di nuovo nella terra.

«Quest'Ombra è peggio dell'ira dei sette mari» commenta Kendogan stringendosi la benda sulla fronte.

E parte all'assalto.

Con un tentacolo del suo polpo blocca una mano del nemico. Poi l'altra. Poi una gamba. E la seguente.

«E adesso cosa fai?» la sbeffeggia il pirata. «A me restano ancora quattro tentacoli liberi, mentre tu sei mia prigioniera!»

Troppo facile, **pensa Kendal**. Con l'Ombra non funzionano i giochetti.

Ma cos'è quel suono che si comincia a udire nell'aria? È il lamento dell'Ombra?

No, è il cigolio del polpo meccanico, sempre più affaticato. Perché altri tentacoli compaiono, avvinghiandosi a quelli liberi dell'animale: spuntano dal corpo dell'Ombra e sembrano non finire mai. Uno, due, tre, dieci. Avviluppano il polpo e il suo cavaliere.

E stritolano, stritolano, stritolano. Non hanno intenzione di fermarsi.

Gli altri eroi stanno recuperando le forze in un rifugio improvvisato dietro una pila di detriti, e allora Kendal capisce che è arrivato il suo momento.

«Tieni duro, fratello!» esclama, e sprona Roxy a volare sopra la testa dell'Ombra.

Ora che lo vede così da vicino, Kendal si rende conto che il nemico non ha nulla di umano. La sagoma sembra più la caricatura di una persona che un reale essere vivente.

È sottile, eppure denso. Palpita di energia, eppure è morto.

Più morto delle mummie. Più di qualsiasi altra creatura che il ragazzo abbia mai incontrato nelle sue avventure.

Kendal scende in volo, si ferma all'altezza del suo volto e scruta lì dove dovrebbero esserci gli occhi. Ma tutto ciò che vede è l'oscurità di un pozzo.

Allora prende fiato e ordina al suo drago...

«**Fai la tua magia!**»

Roxy non aspettava altro: inspira aria e restituisce fiamme ardenti che avvolgono la testa del nemico. Camminano veloci sul collo, si diffondono sulle braccia, sulle gambe, fino ai piedi.

Ma l'Ombra non si agita. Non cerca una fonte d'acqua. Ritira solo i suoi tentacoli e scioglie la stretta, liberando Kendogan e il suo polpo meccanico che scivolano a terra.

Ammaccati, ma intatti.

«Grazie, compagno!» urla il pirata al ragazzo, mentre l'Ombra arde delle fiamme sputate da Roxy.

La sua sagoma s'intravede tra le lingue ardenti che le crepitano addosso. Immobile, innaturalmente immobile.

Ma poi, all'improvviso, batte le mani tra di loro.

Un rumore assordante. Uno spostamento d'aria che quasi disarciona Kendal. E le fiamme spariscono.

Anzi, no. Non del tutto: le sue mani le stanno assorbendo, fino a spegnerle.

Kendal resta a fissare le lingue di fuoco scomparire tra quei palmi giganteschi.

Un istante di troppo.

Perché adesso l'Ombra punta le mani verso di lui, restituendogli delle fiamme color carbone.

«Corri, piccolo!» Kendal incita Roxy.

Il drago vola via veloce, ma il getto li insegue.

«Non sono lingue di fuoco» realizza il ragazzo con orrore, mentre si lancia un'occhiata alle spalle. «Sono le mani dell'Ombra!»

Allungate a dismisura, ormai hanno assorbito il potere delle fiamme. E arrivano dappertutto. Smetteranno mai d'inseguirli?

Drago e cavaliere zigzagano tra i ruderi in cenere, finché raggiungono gli altri eroi: al contatto con le mani dell'Ombra, i detriti che fanno loro da barriera esplodono in una fiammata.

Il riparo è disintegrato, ma almeno il nemico ha battuto in ritirata.

Per il momento.

Tutti si rimettono in sesto come possono, ma non sono certo all'apice della forma.

«Come state, fratelli?» domanda Kendal scuotendosi di dosso un po' di macerie.

«Spelacchiati» risponde con un ghigno di dolore Kendogan, mentre si strappa parte della camicia da pirata per fasciarsi una ferita sulla gamba.

«E bruciacchiati, a quanto pare» aggiunge Kendum, indicando un pezzo della tuta di Kendal colpito dalle fiamme dell'Ombra.

«No, così non va» dice TutanKendal alzandosi in piedi. «Secondo me qui ci vuole una strategia.»

Kendal stringe i pugni trattenendosi dal dargliene uno in faccia. «Ma va? È quello che cercavo di dirvi prima.»

«È il tono che fa la differenza. In bocca a un faraone i consigli suonano meglio.»

Roxy apre la bocca per incenerirlo con una fiammata, ma Kendal lo tiene buono con una carezza.

«Tranquillo, bestione. Anche se non sembra, è un amico» gli sussurra.

Kendogan si alza in piedi zoppicante. «Ma che strategia possiamo mettere in atto? Ormai l'Ombra conosce i poteri dei nostri animal-bot.»

«Li conosce e li imita» aggiunge Kendum.

«Però non ci ha affrontati tutti insieme» dice Kendal.

Un barlume di speranza si affaccia sui volti degli altri eroi.

«Insieme?» domanda il gladiatore. «Cosa intendi?»

Kendal si sistema gli occhiali sul naso. «Ho un'idea: state a sentire...»

«Eccomi qua! Yu-huu!»

Le mani del faraone e la coda del coccodrillo sventolano ai piedi della gigantesca Ombra.

«Forza, facci vedere cosa sai fare!» continua a provocarla TutanKendal. Kendal e gli altri assistono alla scena, nascosti.

«Sturp!» grugnisce Kendaargh sottovoce.

«Già» concorda Kendum. «Speriamo che funzioni.»

Kendal sorride soddisfatto. «Guardate! Lo sapevo che l'Ombra si era presa anche il suo potere.»

In effetti, l'Ombra è partita alla rincorsa del faraone e del coccodrillo, seguendoli in tuffi dentro e fuori l'asfalto, come se fosse un fiume.

Kendal scruta i compagni. Sguardi tesi, mascelle contratte. «Pronti?» domanda.

«Sempre!» risponde Kendum.

E tutti si affrettano a raggiungere i posti concordati.

Quando l'Ombra riemerge dalle profondità della terra per l'ennesima volta, davanti a sé non trova ad aspettarla solo il coccodrillo meccanico e TutanKendal.

«Adesso!» ordina Kendal.

Tutto succede in un istante.

Le braccia del polpo di Kendogan la trattengono, le onde soniche del leone di Kendum la investono dal basso. Dall'alto, invece, la perforano i laser dello pterodattilo di Kendaargh.

E poi è il turno di Kendal e del suo drago. Roxy si lancia in volo e si pianta a un soffio dal suo volto, poi inspira a fondo per trasformare il nemico in fiamme ardenti mentre Kendal fissa l'Ombra senza battere ciglio.

«Hasta la vista, baby» le dice.

E poi ogni cosa diventa fuoco.

Bruciata, sforacchiata, scossa. L'Ombra inizia a dare segni di cedimento: pian piano, in tutto il suo buio, si cominciano a intravedere delle crepe.

È allora che accade una cosa incredibile.

«Guardate!» esclama TutanKendal. «Il *mio* piano sta funzionando!»

Le crepe si aprono sempre di più, spaccano l'Ombra facendo filtrare dal suo interno delle lame di luce che proiettano lunghi raggi.

«Finalmente» sospira Kendum mentre il grigiore del bioma riprende un po' di luminosità.

Ma un rimbombo scuote gli eroi.

Un CRACK spezza l'aria: è quello della crepa più profonda, che apre l'Ombra da testa a piedi. Una pioggia di pixel neri si riversano all'esterno e tutto ciò che prima era una sagoma buia in un istante si riduce a briciole sparse al suolo. **Brandelli scuri appena mossi dal vento.**

«Ce l'abbiamo fatta!» esulta Kendogan.

Gli eroi si radunano a terra. Ansimanti, sfiniti, increduli. Ma sollevati.

«Dai, in fondo ce la siamo cavata con poco» commenta il faraone, «grazie alla mia idea geniale.»

«Il piano era di Kendal» precisa Kendum.

«Non importa. Basta avercela fatta!» ribatte il ragazzo, mentre stringe i compagni in un abbraccio di gruppo. «Ma cosa sta succedendo?»

In effetti, attorno a loro si sta levando di nuovo una coltre di oscurità. E alle loro spalle una sagoma proietta un'ombra che cresce sempre di più.

Il terrore corre negli sguardi degli eroi.

Insieme, come un unico corpo, si voltano.

E insieme cominciano a correre.

Perché l'Ombra è lì. Ancora incompleta, non del tutto integra, ma prende sempre più forza. E sempre più forma.

E allora Kendal capisce perché si chiama così.

Perché non ti lascia mai.

Se ne accorge mentre sta scappando: manciate di pixel neri corrono sull'asfalto, attratti magneticamente per ricongiungersi a lei. Altri invece svolazzano nell'aria come fiocchi di cenere, e Kendal ci sbatte la faccia contro.

«Il tuo piano ha fatto schifo!» gli rimprovera TutanKendal col fiato corto.

«Mi spieghi perché se funziona diventa il *tuo* piano, mentre se fallisce è il *mio*?» ribatte Kendal.

«Dove stiamo andando?» s'intromette Kendogan, correndo con le treccine che sbatacchiano in ogni direzione.

«Da Bill-e e il Prof» spiega Kendal. «Abbiamo poco tempo prima che l'Ombra recuperi le sue dimensioni e la forza di riattaccarci.»

Ed eccolo lì il loro anziano compagno di viaggio, nascosto insieme all'astronave mentre li osserva avvicinarsi attraverso il binocolo.

«Ragazzi, vi state battendo con onore!» si complimenta il Prof. «Cioè... per quello che ho potuto vedere. La terra tremava così tanto che ho perso una lente a contatto» aggiunge guardando a terra con occhi appannati.

«Eppure i nostri sforzi non bastano» sospira Kendal. «Ero convinto che lottare tutti insieme fosse la mossa vincente.»

«INFATTI È COSÌ» interviene Bill-e dall'interno dell'astronave. «**SOLO UNENDO LE ENERGIE DI TUTTI E SEI GLI EROI SI POTRÀ SCONFIGGERE L'OMBRA**.»

«Ma noi abbiamo fatto gioco di squadra!» protesta Kendal frustrato. Poi si blocca, perplesso. «Aspetta, Bill-e... Hai detto "sei" eroi?»

«CERTO.»

«Non è un errore?»

«IO NON SBAGLIO MAI.»

Gli occhi di Kendal si spalancano dalla sorpresa. «Stai dicendo che ci manca un eroe?»

«NO, NON VI MANCA.»

Kendal sospira a fondo, si scambia sguardi tesi con gli amici, poi l'occhio gli cade a terra. Proprio lì, vicino all'astronave, dove le braccia meccaniche avevano depositato i cubi luminosi, quei cubi che si sono tramutati in animal-bot. E tra i detriti, un luccichio attira la sua attenzione.

«Bill-e, sii più preciso» protesta Kendal. «Abbiamo dimenticato di reclutare qualcuno?»

L'impazienza nella voce, il tremore nelle mani, il sudore che gli imperla la fronte facendogli scivolare gli occhiali lungo il naso...

Fino a cadere a terra.

Il Prof li raccoglie e glieli porge. «Tieni, ragazzo.»

E il tempo per Kendal si ferma per un istante.

L'anziano è lì, davanti a lui, congelato con gli occhiali in mano. Quegli occhiali che calzano perfettamente a tutti e cinque gli eroi.

No, non cinque, **si ripete Kendal**. *Sei. Siamo sei.*

E, finalmente, tutto diventa chiaro.

«Hai perso una lente a contatto. Vero, Prof?»

«Sì, è caduta a terra. Non credo che la ritroverò facilmente in mezzo a tutti questi detriti...»

«Sono addolorato per la vista del Prof» ironizza TutanKendal, «ma adesso questo cosa c'entra con l'Ombra?»

«C'entra tutto» risponde Kendal riprendendosi gli occhiali dalla mano dell'anziano e infilandoseli. «Perché non manca nessuno. **Durante tutto questo tempo, il sesto eroe è sempre stato con noi.**»

Quindi si china e recupera il cubo luminoso rimasto senza padrone.

«Perché non ce l'hai mai detto, Bill-e?» domanda Kendum irritato.

«PERCHÉ VOI NON ME LO AVETE MAI CHIESTO.»

«Uozzap?» aggiunge Kendaargh perplesso.

«Sì, Kendaargh ha ragione. Com'è possibile?» domanda il Prof. «L'astronave è minuscola, ci saremmo accorti di avere un clandestino a bordo.»

Kendal sorride e, come lui, anche i cinque eroi che stanno cominciando a capire. «Non se era a bordo con un'altra funzione.»

«C-che cosa intendi?» domanda il Prof con voce tremante, sentendosi addosso gli sguardi di tutta la compagnia.

«Bill-e, non è che in qualcuno dei tuoi scomparti segreti hai **un paio di occhiali di scorta**?» domanda Kendal.

«SPERAVO ME L'AVRESTI CHIESTO» risponde l'intelligenza artificiale.

Un braccio meccanico spunta dalla carrozzeria dell'astronave per depositare in mano al Prof una montatura identica a quella di tutti gli altri Kendal.

«Sinceramente preferivo delle nuove lenti a contatto... Gli occhiali non mi donano» ribatte il Prof indugiando.

Ma Kendal glieli prende di mano e glieli infila lui stesso.

«Invece sei perfetto» dice con un sorriso non appena la montatura scivola sul naso dell'anziano.

Ormai non c'è più alcun dubbio.

Quelli sono gli stessi occhi che Kendal saluta ogni giorno allo specchio. Gli stessi che ha scoperto sugli sguardi degli altri eroi, e che adesso fanno capolino anche sul volto del Prof.

Un'identica espressione di pura meraviglia rimbalza sui volti degli altri compagni.

«Corpo di mille pixel!» esclama Kendogan scrutando il Prof con aria impressionata.

«Credo sia arrivato il momento di consegnare al legittimo proprietario il suo animal-bot.»

E detto questo Kendal porge il cubo al Prof.

«Io?! Dici davvero?» domanda l'anziano. «N-non è possibile!»

14

Il Professore fissa il cubo che pulsa tra le mani di Kendal, senza osare accettarlo

«Non posso essere io il sesto eroe» sorride incredulo, più a se stesso che agli altri cinque sorrisi puntati su di lui.

Sei sorrisi identici.

«E invece sei uno di noi!» insiste Kendal. «Come ho fatto a non capirlo prima?»

«Forse perché non ci assomigliamo nemmeno un po'.»

«Ti sbagli» prende la parola Kendum. «Hai il nostro sguardo...»

«...il nostro entusiasmo...» aggiunge Kendal.

«...e la nostra competitività» interviene TutanKendal. «Ad esempio nella mia piramide, quando stavamo facendo fuori le mummie...»

«*Stavamo*?» lo interrompe Kendal.

«Dettagli» lo liquida TutanKendal. Per poi riprendere: «Prof, anche tu hai partecipato alla sfida su chi ne abbatteva di più, ricordi?».

Il Prof si guarda attorno smarrito.

«Kappa?» aggiunge Kendaargh con un grugnito.

«Hai ragione. In effetti nemmeno io so cosa significa la "K" nel mio nome» ammette l'anziano. «Ma adesso comincio a farmi un'idea.»

Kendal sorride puntando il dito addosso al Prof. «Ecco! L'ennesimo indizio: anche tu capisci quello che dice Kendaargh, proprio come noi.»

Il ragazzo si avvicina al Prof, gli porge di nuovo il cubo.

«**Siamo tutti collegati. Non so come, non so perché, ma siamo al tempo stesso diversi e identici. E adesso noi abbiamo bisogno di te**.»

Un sordo rimbombo scuote la terra.

«Lo senti? L'Ombra è pronta» incalza Kendal. «E tu... lo sei?»

Il Prof prende un profondo respiro, poi sfila il cubo dalla mano del ragazzo. Al contatto con le sue dita, i pixel luminosi si scompongono e ricompongono, fino ad assemblarsi in una forma dai lineamenti familiari.

Uno sguardo di pura incredulità accende gli occhi del Prof, che assistono col fiato sospeso allo spettacolo dell'animale che cresce di dimensioni, sino a raggiungere quelle degli altri animal-bot.

Con zanne affilate, pinne di ferro che cigolano e taglienti scaglie di metallo color carbone, l'animale meccanico galleggia a mezz'aria.

«Corpo di mille pixel!» fischia Kendogan scrutandolo da sotto in su. «Che razza di mostro marino è questo?»

Un colpo di coda, e la creatura robotica lancia una scaglia che si va a conficcare nei ruderi di una parete di cemento.

Il Prof sorride soddisfatto e accarezza la testa del bestione. «**Non è un mostro, è un pixelsaurus**.»

Ma, a differenza di quelli reali, questo pare più docile, almeno col Prof: chiude la terribile fila di denti, china la testa e si abbassa per dargli modo di salire in groppa.

«Ci siete?» chiede Kendal alla sua truppa, finalmente al completo.

«Kendal!» urla con foga Kendaargh alzando il pugno al cielo, come fosse un grido di battaglia.

«Kendal!» ripetono tutti gli altri eroi, ognuno a cavallo del proprio destriero.

«**Andiamo a mostrare all'Ombra come combatte un esercito di Kendal!**»

Roxy parte in velocità, guidando lo schieramento degli animali meccanici, condotti dai loro cavalieri.

Drago, leone, pterodattilo, coccodrillo, polpo e pixelsaurus.

Bulloni che cigolano, ingranaggi che pompano olio e vita diretti verso il nemico che si profila all'orizzonte.

«Auguraci "in bocca al lupo", Bill-e» lo saluta Kendal.

«FARÒ MOLTO DI PIÙ» risponde quello. «**EQUIPAGGIATO 1 ITEM. ULTRA-BOT!**»

Nelle loro orecchie risuona la voce meccanica di Bill-e, mai così decisa, mai così urlata. E l'aria, caricata dalle sue parole, si fa elettrica.

«Cosa succede?» domanda Kendum, notando che il suo leone si è fermato.

Anche Kendogan sprona il polpo a procedere. «Ehi, bello, andiamo, forza!»

Ma, come tutti gli altri animal-bot, si è bloccato.

«Non rispondono ai comandi!» si allarma Kendal, scrutando l'Ombra che si fa sempre più grande, più vicina, più pericolosa.

Allora i robot riprendono a muoversi. Solo che ormai lo fanno animati da una propria volontà.

«Non risponde ai comandi!» esclama il gladiatore cercando di deviare il percorso della sua fiera meccanica.

«Non mi piace per niente...» si lamenta TutanKendal, il suo coccodrillo che vortica su se stesso come impazzito.

«Lasciamoli fare» obietta il Prof carico di speranza, mentre il suo pixelsaurus gonfia minacciosamente le scaglie.

«Sì, fidiamoci di loro» concorda Kendal, il volto sferzato dalle ali di Roxy che turbinano. «Qualsiasi cosa sia questo ultra-bot...»

Non fa in tempo a finire la frase, che un lampo esplode nell'aria.

La vista annebbiata, il corpo scosso in ogni direzione: Kendal si sente sobbalzare, strattonare, tirare, lanciare.

Poi atterra col sedere su qualcosa di morbido.

«Ragazzi? Dove siamo finiti?» domanda mentre pian piano il mondo ritorna alle sue luci e ai suoi colori.

«Non so dove ci troviamo, ma tanto per cambiare si sta troppo stretti» si lamenta Kendum.

«Chiudi quelle gambe, bestione!» ordina Kendogan.

«Uot?» gli risponde il grugnito di Kendaargh.

Sono in una minuscola sala di controllo, ancora più schiacciati che nell'abitacolo dell'astronave. Davanti a loro, un pannello con dei tasti luminosi e un finestrino che si affaccia su quel mondo distrutto.

«Ma le nostre bestiacce dove sono finite?» domanda Kendogan.

«LE BESTIACCE SONO QUI CON VOI» risuona la voce di Bill-e dall'interno dell'abitacolo.

Una serie di schermi si accende e riproduce la vista sull'esterno da diverse angolazioni. E allora i vari Kendal capiscono cosa è successo agli animali.

Sono sempre loro, ma al tempo stesso non lo sono più.

Il leone e il coccodrillo sono diventati due piedi, polpo e pixelsaurus due braccia, lo pterodattilo la testa e, infine, il drago di Kendal si è trasformato nel tronco dell'enorme creatura che adesso sta restituendo il loro sguardo.

Gli animal-bot si sono fusi dando vita a un unico gigantesco robot. Un enorme Kendal. E gli eroi, adesso, sono tutti insieme seduti nella sala di controllo, collocata nel torace dell'ultra-bot.

«Incredibile» commenta il Prof meravigliato. «Siamo ad altezza cuore.»

«Con questa armatura possiamo scontrarci alla pari con l'Ombra» aggiunge Kendum combattivo.

TutanKendal indica un profilo scuro avvicinarsi sempre di più. «Meglio che capiamo in fretta come funziona, o saremo spacciati.»

Sei paia di occhi si sporgono per vedere meglio la console. Sei mani si appoggiano sull'unica grande leva presente. Sei bocche si zittiscono all'istante. Tranne una.

«Kendal, muovici tu. In fondo tutto è cominciato con te» lo sprona Kendum. «Cosa ne dite, fratelli?»

Non c'è bisogno di dare il proprio assenso ad alta voce, tutti annuiscono decisi, nessuno obietta.

Allora Kendal posa la mano sulla leva, accompagnato da un silenzio teso.

«Pronti. Tre, due, uno... Azione!»

Tira la leva e la terra trema di nuovo.

Ma questa volta sono loro ad avanzare, andando incontro alla morte, coprendo con le falcate dell'ultra-bot la pesantezza dei passi dell'Ombra.

Un passo, un altro, più veloce.

Finché i due colossi si ritrovano uno davanti all'altro.

L'Ombra sta per attaccare usando i loro stessi poteri ma, prima che possa agire, Kendal equipaggia...

EQUIPAGGIATO 1 ITEM
SPADA

...una spada. Ed è un'arma inaspettata quella che si materializza tra le mani dell'eroe: lì dove c'è il braccio fatto di pixelsaurus compare una spada composta di scaglie lucenti, che ricordano quelle dell'animale preistorico.

«Adesso!» esclama il Professor K, osservando dal finestrino l'Ombra che scruta con perplessità quel nuovo e gigantesco nemico.

Kendal risponde come gli riesce meglio: agendo d'impulso. La mano trova decisa un tasto nero, l'unico nella console che pulsa di una luce del colore della notte. Color pixelsaurus.

La lama della spada si accende di luce oscura, le scaglie che la compongono cominciano a vibrare e continuano a farlo sempre più forte a mano a mano che l'arma si avvicina all'Ombra.

«**Ci vuole del buio per tagliare il buio**» dice il ragazzo.

E infatti la lama penetra nell'Ombra.

Un urlo straziante accompagna i rumori delle scaglie che ruotano, tagliano, disintegrano il nemico. E, a ogni taglio, è una lama di luce che viene restituita all'aria, una manciata di pixel neri che si disgregano attorno a loro.

«Ci stiamo riuscendo!» sussurra Kendum meravigliato.

Kendal nemmeno osa dirlo ad alta voce. Resta solo a guardare col fiato sospeso lo spettacolo dell'Ombra che, urlo dopo urlo, raggio di luce dopo raggio di luce, si disgrega per sempre.

Finché a terra resta solo una minuscola particella color carbone. Un piccolo pixel solitario.

«Abbiamo vinto! Ce l'abbiamo fatta!» ripete Kendal incredulo.

A quelle parole l'ultra-bot lascia cadere la spada e si accascia al suolo, esausto, in un ammasso di arti meccanici e di Kendal che piovono uno sull'altro.

E per gli eroi tutto è di nuovo buio e confusione.

Quando rinvengono, gli animal-bot stanno pascolando attorno a loro. Dell'ultra-bot non c'è più traccia, se non nelle gigantesche orme rimaste impresse nell'asfalto.

«NON VE LA SIETE CAVATA POI COSÌ MALE» commenta Bill-e.

L'astronave li ha raggiunti e, con un braccio meccanico spuntato dall'interno, raccoglie la particella oscura dell'Ombra.

Kendal si alza e segue il braccio meccanico che rientra nell'astronave e ripone ciò che resta del nemico in uno scomparto segreto.

«Mi raccomando» gli dice Kendal, «non perderla.»

«INVECE DI STARE QUI A CONTROLLARMI» ribatte Bill-e, «PREPARATI PER LA PARTENZA. TU E I TUOI COLLEGHI SIETE RIMASTI FUORI DALLE VOSTRE TIMELINE FIN TROPPO TEMPO.»

«Ecco, a questo proposito ho un favore da chiederti...»

Il futuro non è ancora tornato quello che Kendal si immaginava di trovare, ma **i pixel si stanno già rigenerando dal suolo come germogli d'erba**.

Poco tempo ancora e il bioma sarà di nuovo al suo massimo splendore, ma lui non sarà lì per poterlo ammirare. Bill-e, infatti, ha aperto per ognuno un **varco temporale**, in modo da rendere più agevole e rapido il viaggio di ritorno per tutti.

Ma, ora che è giunto il momento, **separarsi dopo tante avventure vissute insieme non è per niente semplice**. Neanche per un eroe come Kendal, fatto di pixel e cicatrici.

«VI CONSIGLIO DI FARE IN FRETTA, NON SO PER QUANTO A LUNGO RIESCO A REGGERE» si lamenta l'intelligenza artificiale.

«D'accordo. Ragazzi, è ora di salutarci» dice Kendal ai compagni, sentendo un nodo stringergli la gola. «Grazie di tutto, siete stati i migliori compagni di viaggio che...»

Non fa in tempo a concludere la frase che qualcuno lo solleva di peso e lo stritola in un abbraccio.

«Tu Kendal!» gli dice Kendaargh in un singhiozzo ringhioso.

E poi, mollandolo di colpo, salta con un balzo nel suo portale che si richiude all'istante.

«Sei valoroso, filibustiere» si complimenta Kendogan stringendogli la mano. «Ti sei meritato un regalo.»

E mentre si tuffa attraverso il portale aperto sul ponte della sua nave, gli lascia in mano qualcosa. Una pergamena. La curiosità sta mangiando vivo il ragazzo, ma non è questo il momento di aprirla. Perché TutanKendal scruta oltre il proprio portale con aria scettica.

«Bill-e, devi per forza riportarmi qui?» domanda il faraone fissando le dune di sabbia che incorniciano la sua piramide.

«RINGRAZIAMI CHE NON TI HO RIPORTATO LÌ DENTRO DALLE MUMMIE.»

«Preferivo un luogo qualsiasi. Un posto dove non ho fallito, magari, per poter ricominciare da zero.»

Kendal gli dà una pacca sulla spalla. «Dai, Tutan. Tu hai bisogno del tuo popolo, così come il tuo popolo ha bisogno di un leader carismatico e giusto. Ma, all'occorrenza, gli potrai andare bene anche tu!»

Il faraone coglie lo scherzo e sorride. «Dici che potrò farmi perdonare?»

«Be', se non hanno voglia di ascoltare le tue scuse, hai un sacco di validi argomenti per convincerli. Ad esempio, quelle montagne di monete. Vedrai che il tuo popolo le apprezzerà.»

TutanKendal finge una smorfia di dolore al pensiero di separarsi dal suo tesoro, ma poi stringe Kendal in un abbraccio.

«Ti saluto le mummie» gli dice.

E, con elegante incedere da figlio del Nilo, ritorna alla propria epoca.

«Tocca a me» sospira Kendum scrutando oltre il proprio portale. «Aspetta... Ma questi non sono i Fori imperiali. Dove sono i carri, l'Arco di Trionfo, il Colosseo?»

«Guarda meglio» gli suggerisce Kendal con un sorrisetto sulle labbra. «Davvero non riconosci questo posto?»

È verde, lussureggiante. Dolci pendii assolati e branchi di cavalli selvaggi che galoppano in libertà.

«Sembra... Non è possibile, è la mia terra!» esclama incredulo Kendum. «Ma perché?»

«Ho chiesto a Bill-e un favore: quello di chiudere un occhio e di piegare le leggi dello spazio-tempo per te.»

«Per me?»

«Per te e la tua gente» precisa Kendal. «Vai e salvali. Così il tuo popolo non verrà sconfitto dall'esercito romano, e tu non verrai fatto prigioniero.»

Gli occhi del fiero gladiatore si fanno lucidi.

«Sei un insopportabile arrogante» gli dice.

«Sempre meno di te» ribatte Kendal.

GLI OCCHI DEL FIERO GLADIATORE SI FANNO LUCIDI

«Attento a come parli. Ricordati che ti ho salvato la vita» precisa Kendum.

«Anch'io. Più di una volta.»

Il gladiatore sorride e tende la mano. «Allora mi devi una rivincita.»

«Ci conto» risponde Kendal, rifiutando la sua stretta e stringendolo in un abbraccio.

Poi, senza aggiungere altro, Kendum si lancia nel passato con passo veloce. **E di lui non resta altro che un po' di brezza uscita dal portale**.

«Manchi solo tu, ragazzo» gli dice il Professor K.

L'anziano non si è ancora sfilato gli occhiali e adesso la somiglianza tra di loro è impressionante. La tuta è lacerata in più punti, i capelli spettinati, e sulla guancia fa bella mostra un taglio che ha bisogno di una sana pulita.

Se ad attendere Kendal c'è una vecchiaia del genere, lui ci mette la firma.

«Grazie di tutto, Prof.»

«No, Kendal, grazie a te. Da parte dell'intero mondo, e da parte mia» ribatte l'anziano stringendogli le spalle. «Non so come hai fatto a vedere qualcosa di speciale in un vecchio strambo come me.»

«Bastava guardarti con occhi nuovi» commenta Kendal sorridendo.

«TI CONSIGLIO DI DARTI UNA MOSSA SE NON VUOI RESTARE BLOCCATO NEL NOSTRO TEMPO» interviene Bill-e.

«Anche tu mi mancherai» gli dice Kendal, lanciando un'occhiata dentro l'abitacolo.

«TI CHIAMERÒ QUANDO AVREMO DI NUOVO BISOGNO DI SALVARE IL MONDO.»

«Speriamo non accada ma, nel caso, sai dove trovarmi» risponde Kendal, per poi correggersi. «Anzi: *quando* trovarmi.»

E con passo deciso si volta e si tuffa nel portale.

Uno strappo attorno all'ombelico e un turbine violento di biomi che gli scorrono davanti al naso. Dura tutto troppo poco perché Kendal possa rendersene conto. In un istante è già catapultato a terra.

Sulla spiaggia dove quell'avventura è iniziata.

«Finalmente un po' di relax» sospira mettendosi comodo.

Il silenzio è urticante, lo sciabordio dei pixel d'acqua quasi gli perfora i timpani e, francamente, quella sdraio non è poi così comoda.

«**Niente da fare! Non riesco proprio a stare fermo!**»

E allora si alza e corre incontro alla prossima avventura.

EPILOGO

Supera l'ultima palma e poi controlla la mappa di Kendogan.

La strada è quella giusta, il posto che la "X" indica suggerisce che il nascondiglio del forziere non dovrebbe essere lontano. Perché la pergamena che il pirata gli ha lasciato è proprio la mappa che conduce al suo tesoro.

Un passo ancora e Kendal alza lo sguardo. Davanti a lui c'è l'imbocco di una grotta. **Si guarda attorno, il luogo gli è familiare.**

«Dov'è che l'ho già visto?» si chiede. «Io sono già stato qui...»

Il ricordo lo investe all'improvviso, d'un colpo.

«Ma certo! È la tana del triceratopo!» esclama, ricordando la sua avventura preistorica per il reclutamento di Kendaargh.

Sono trascorsi millenni da quell'epoca, eppure la grotta è sempre lì.

Rosicchiata dal tempo, attorniata da una vegetazione ben diversa, ma ancora in piedi.

Con passo tremante di emozione, Kendal s'infila nell'apertura.

Lì, a ridosso della parete, giace un masso piatto con incisa una "X".

EQUIPAGGIATO 1 ITEM
PALA

«Adesso viene la parte noiosa» dice a se stesso.

Scosta il masso, si rimbocca le maniche della tuta e comincia a scavare.

Ma dopo qualche minuto la punta della pala tocca qualcosa di metallico.

«Un forziere!» esclama Kendal. «Chissà se Kendogan mi ha preso in giro anche questa volta.»

Un colpo deciso sul lucchetto che, già mangiato dalla ruggine e dal tempo, si sgretola all'istante. Kendal prende un profondo respiro, solleva il coperchio e...

Un barlume dorato lo investe.

Sono manciate e manciate di monete e una statuetta.

L'occhio del ragazzo corre veloce verso la statua: è un manufatto di chiara provenienza egizia e vede seduto sul trono un faraone dall'aspetto familiare.

Non sono molti, infatti, i faraoni quattr'occhi nell'Antico Egitto.

«Tutan!» lo riconosce Kendal. «Allora poi ha davvero regnato, non l'hanno più rinchiuso nella piramide. Buon per lui!»

Afferra dunque una manciata di monete. Dalle iscrizioni in latino sembrano provenire da...

«L'antica Roma» sussurra il ragazzo meravigliato.

Da un lato le monete portano il disegno di tre leoni ruggenti, dall'altro sono incise con un profilo inconfondibile.

Il mascellone di Kendum.

«Non ci credo!» esclama Kendal meravigliato mentre cerca di capire cosa significhino quelle antiche scritte.

Non comprende tutto, ma le parole fondamentali sì.

«*Kendum Imperator*» legge il ragazzo emozionandosi a ogni lettera. «Non solo ha liberato il suo popolo, ma è anche diventato Imperatore!»

Non gli sembra vero: pare che i due amici abbiano davvero ascoltato i suoi consigli.

Improvvisamente lo investe un'ondata di nostalgia per i compagni di viaggio. **Per lui sono trascorsi solo pochi giorni, ma per gli altri sono passate intere vite.**

Mentre affonda le mani nelle monete, trova nascosto un cartiglio vergato con una calligrafia svolazzante.

Caro Kendal,
ho raccolto questi tesori attraverso il tempo, navigando tra i biomi molti anni dopo l'avventura vissuta insieme. Hai visto i nostri amici? Non se la passano così male, quei filibustieri! Al nostro addio avevo pensato di condividere con te il mio posto segreto, dove da sempre nascondo i miei tesori, perché non ho nessuno a cui lasciare un domani il mio titolo.
KENDOGAN II non suona male, pensaci.
Saresti un ottimo pirata.
Saluti salmastri,
Kendogan.

Solo allora Kendal si rende conto che dentro la pergamena è avvolto un oggetto. È consumata dal tempo, ma riconoscibile: è la benda leopardata che il capitano dei pirati indossava sempre sulla testa. Incerto se indossarla o no, il ragazzo decide comunque di...

CONSERVATO 1 ITEM
BENDA DI KENDOGAN

Non si sa mai.

Potrebbe sempre venirgli voglia di partire all'avventura per solcare i Mari Quadri, un giorno.

Sta per mettere da parte anche il cartiglio, ma nota che c'è una scritta sul retro.

P.S. Conserva pure tutto questo oro, però prima dai un'occhiata attorno. Il vero tesoro non è contenuto in questo forziere, ma nella grotta.

«Che cosa significa?» si domanda il ragazzo perplesso.

Allora Kendal si alza, ma il buio è troppo denso.

EQUIPAGGIATO 1 ITEM
TORCIA

Accosta il tizzone ardente ai muri di pietra e sobbalza per la sorpresa.

«Corpo di mille pixel!»

Sulle pareti sono incise delle pitture rupestri. La mano è inconfondibile, così pure come i soggetti.

Un ragazzo con tuta e mantello, un gladiatore, un cavernicolo, un faraone, un pirata e un anziano dai capelli scompigliati. Tutti e sei con addosso la stessa montatura di occhiali.

È un'opera di Kendaargh che racconta le loro avventure in piccole scene stilizzate: dal reclutamento di Kendal sulla spiaggia, alla ricerca dei vari Kendal, per finire con la sconfitta dell'Ombra.

E allora Kendal capisce che, anche se gli mancano i suoi compagni di viaggio, **il passato è sempre lì, con lui**. Perché in fondo i cinque Kendal non sono poi così lontani.

L'entusiasmo ingenuo del Prof. Le capacità di leadership di Tutan-Kendal. La spavalderia di Kendogan. L'irruenza di Kendaargh. Il coraggio di Kendum.

I suoi amici scorrono nei suoi pixel. Sono tutti dentro di lui.

All'improvviso un tuono scuote la terra e fa vibrare le pareti della grotta.

«Meglio filarsela, prima che crolli tutto.»

CONSERVATO 1 ITEM
TESORO DI KENDOGAN

Un'ultima occhiata ai graffiti e Kendal torna all'aria aperta.

Lo investono una puzza di bruciato e la vista di una catasta di palme abbattute.

«Ma cos'è successo?» si domanda il ragazzo avanzando con cautela.

Segue la scia di alberi distrutti e vede che lì, tra la vegetazione, rilucono dei pixel arcobaleno.

È una navicella che sfarfalla di mille colori brillanti.

L'astronave di...

«BILL-E!» esclama Kendal entrando nel veicolo. «GIÀ TI MANCAVO?» chiede alla linea verde che si agita sullo schermo principale.

«MENO CONFIDENZE, ESTRANEO» lo zittisce l'inconfondibile voce dell'intelligenza artificiale. «E NON DISTURBARMI, SONO IN SERVIZIO.»

«Una nuova missione? E di che cosa si tratta?»

«LA CREATURA CHE TENEVO IN CONTENIMENTO È SFUGGITA ALLA MIA SORVEGLIANZA.»

Kendal sgrana gli occhi. «Di nuovo?»

«NON CAPISCO, STRANIERO» risponde Bill-e.

Ma Kendal scruta le pareti lisce dell'abitacolo: non ci sono incisi i graffiti di Kendaargh. E questo perché il cavernicolo non ha ancora avuto modo di inciderli.

«Io invece sì» dice il ragazzo. «La creatura è fatta di oscurità? È una specie di Ombra gigante che distrugge ogni cosa?»

«PROPRIO LEI» ammette Bill-e. «A PENSARCI BENE, "OMBRA" è PIUTTOSTO CALZANTE COME NOME.»

La linea verde resta un attimo ferma, immobile nella sua perplessità, per poi animarsi di nuovo.

«COME FAI A SAPERE TUTTE QUESTE COSE, STRANIERO?»

«**Perché ci conosciamo. Cioè, non ancora. Ci siamo conosciuti in un qualche passato.** Che però per te è il futuro...» Il ragazzo sbuffa. «Questa storia dei viaggi nel tempo è un po' intricata.»

«FORSE PER LA TUA MENTE SEMPLICE, MA NON PER ME.»

Bill-e fa rombare i motori.

«E ADESSO BASTA FARMI PERDERE TEMPO. HO SOLO 1200 ANNI, POI L'OMBRA SI RIADATTERÀ ALL'ATMOSFERA TERRESTRE E DISTRUGGERÀ OGNI COSA. DEVE ESSERE FERMATA IN TEMPO.»

Kendal trattiene un sorriso. «So che 1200 anni per te sono un soffio, ma stai tranquillo. A sconfiggere l'Ombra ci ho già pensato io.»

«SPIEGATI MEGLIO, STRANIERO»

CI SIAMO CONOSCIUTI IN UN QUALCHE PASSATO. CHE PERÒ PER TE È IL FUTURO

«Ci hai reclutato tu. Eravamo in sei. Io e altre versioni di me, separate dal tempo e dallo spazio.»

«INTERESSANTE. AFFERMAZIONE ACQUISITA» risponde Bill-e. «QUAL È IL TUO NOME, GIOVANE EROE?»

Kendal si sistema gli occhiali e si scuote come può la polvere dalla tuta.

«**Sono Kendal, l'Invincibile. L'Imperatore!**»

Ma poi è costretto a socchiudere gli occhi: un raggio verde esce dallo schermo e lo scansiona da testa a piedi.

«IMPRONTA DNA ACQUISITA» spiega l'intelligenza artificiale. «MI RICORDERÒ DI TE, KENDAL. DI TUTTI GLI ALTRI CINQUE KENDAL.»

«Ci conto!»

«E ADESSO, SE NON TI SPIACE, NE APPROFITTO PER SPEGNERMI UN PO'. 1200 ANNI PASSANO IN UN SOFFIO QUANDO HAI LE BATTERIE PROBLEMATICHE.»

Kendal sorride divertito e lancia un ultimo sguardo all'astronave. «Certo, buon sonnellino.»

Il ragazzo raggiunge il portellone, ma si blocca sulla soglia.

«Ah... un'ultima cosa, Bill-e» aggiunge. «Se non dovessi accettare la missione, tu insisti. A volte so essere proprio una testa dura. Nel caso, minacciami di attivare il "Protocollo 23-17".»

«E IN CHE COSA CONSISTE?»

«**Fidati, non vuoi saperlo!**» conclude Kendal abbandonando l'astronave.

E mentre assiste per l'ultima volta allo spettacolo della navicella che si comprime in un unico pixel dorato...

BATTERIE IN ESAURIMENTO
– RICARICA –
PROSSIMO VIAGGIO TRA
631.152.000 MINUTI

...Kendal sente i propri pixel vibrare per l'eccitazione.

Se Bill-e l'ha reclutato, è perché glielo ha appena spiegato lui in quel momento.

Allora è stato proprio Kendal a mettere in moto quell'avventura, creando un perfetto loop temporale!

Questo vuol dire che fra non molti minuti, 631.151.999 per la precisione, in un qualche punto del passato la sua avventura comincerà di nuovo.

E Kendal non vede l'ora.

FINE

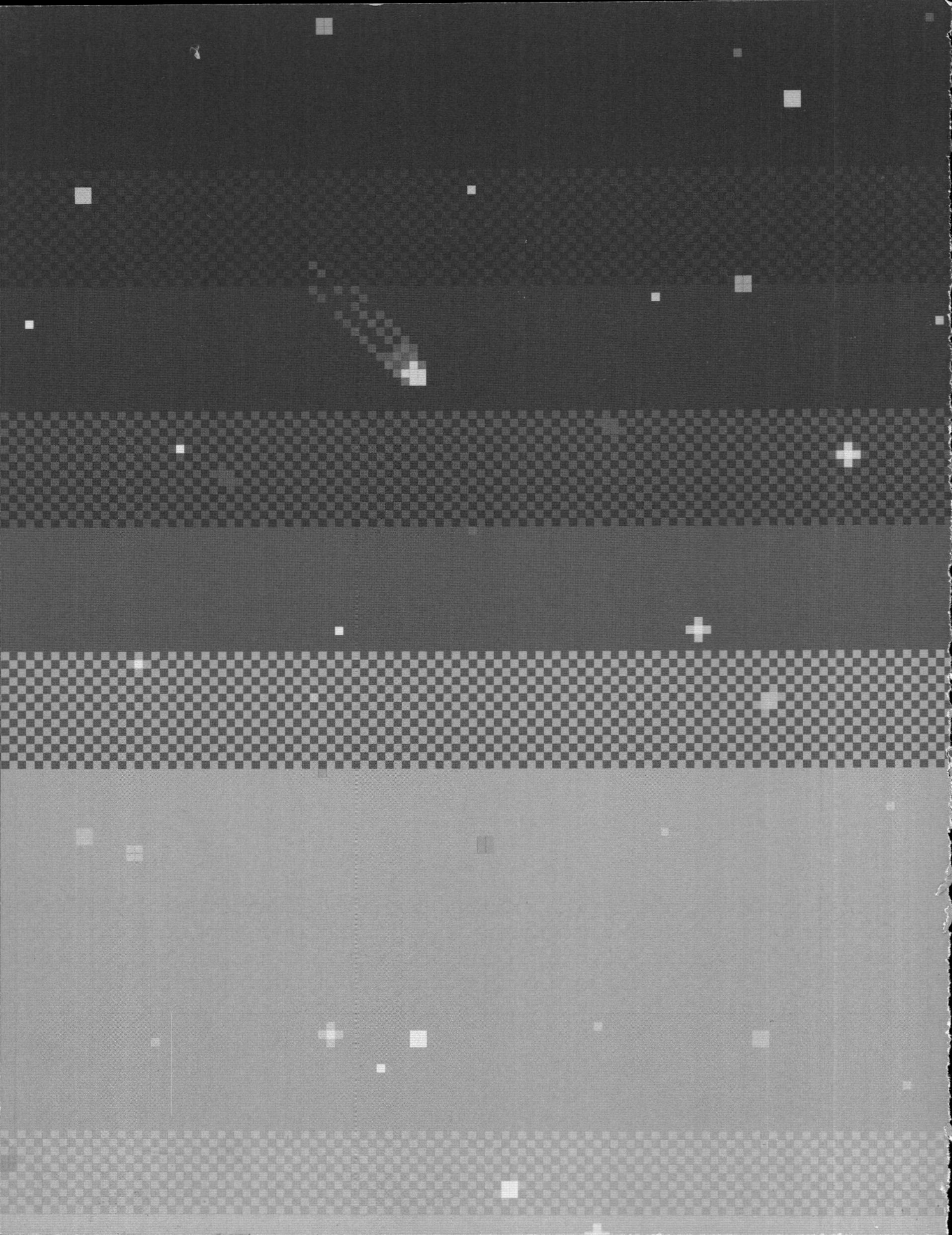